altaMar

Aventuras

Bruño

*Director de Ediciones y Producción*
**J. Ramírez del Hoyo**

*Jefe de Producción*
**J. Valdepeñas Hernández**

*Coordinador de Producción*
**D. Simón Méndez**

*Directora de la Colección*
**Trini Marull**

*Diseño gráfico*
**Tau Diseño, S. A.**

# El laberinto de piedra

*Lista de Honor Premio CCEI 1992*

*Alfredo Gómez Cerdá*

**Ilustración**

*Juan Manuel Cicuéndez*

**Taller de lectura**

*Nieves Fenoy*

Maestro Alonso, 21. 28028 Madrid.

Primera edición: noviembre 1991
Segunda edición: marzo 1993
Tercera edición: enero 1997
Cuarta edición: octubre 1997
Quinta edición: octubre 1999



ISBN: 84-216-1209-3
D. legal: M.-33.829-1999
Impresión: Edigrafos, S. A.

*Printed in Spain*

## Alfredo Gómez Cerdá

- Nací en Madrid.
- Soy licenciado en Filología Española.
- Escribo desde que era niño, porque escribir para mí es algo tan esencial como respirar.
- Al principio, me sentí muy atraído por el teatro y el cine. Pero con el tiempo, me fui decantando por la narrativa.
- En 1982 escribo mi primer libro de literatura infantil, *Las palabras mágicas.* Descubro el mundo fascinante de la literatura infantil y juvenil.
- Me acerco a la treintena de libros publicados.
- Algunos de estos libros han merecido premios, como el Altea, el accésit del Lazarillo, el Barco de Vapor... Y varios han sido incluidos en la Lista de Honor de la CCEI.
- Acabo de decidir que seguiré escribiendo hasta que cumpla 137 años.

alta mar

# para ti...

*Como tantas otras personas, la primera noticia que tuve de Soria fue a través de la literatura. Aún recuerdo con emoción algunas leyendas de Gustavo Adolfo Bécquer leídas en mi infancia, ambientadas e inspiradas en tierras sorianas, como «El monte de las Ánimas» o «El rayo de luna».*

> *«Ese monte que hoy llaman de las Ánimas pertenecía a los templarios, cuyo convento ves allí, a la margen del río.»*

*Más adelante fue Antonio Machado –¿y cómo no?– el que me transportó de nuevo a Soria.*

> *«¡Colinas plateadas,*
> *grises alcores, cárdenas roquedas*
> *por donde traza el Duero*
> *su curva de ballesta*
> *en torno a Soria!»*

*Por eso, durante mucho tiempo, Soria fue para mí algo irreal. Y por eso, también, la primera vez que fui a Soria, ya de mayor, sentí una emoción difícil de explicar.*

*Soria me cautivó desde el primer momento, sobre todo algunos lugares de la ciudad y la provincia entera. Me enamoré de sus tierras espaciosas y llenas de contrastes, pero siempre recias. Me interesé por su historia incontenible, que se desborda aquí y allá. Admiré el arte de sus desparramadas piedras centenarias, milenarias...*

*Muy pronto nació en mí la idea de escribir una historia que transcurriese en tierras sorianas. Y esa idea, poco a poco, se fue haciendo grande, y sólida, y contundente...*

*Por eso, amigo lector, jovencísimo lector, un madrileño como yo te presenta la historia que sigue, titulada* El laberinto de piedra, *cuya acción transcurre de principio a fin en tierras de Soria.*

*Consideré oportuno darte esta breve explicación, que intenta aclarar el porqué del lugar y del paisaje. De la historia, claro, no pienso decirte ni una sola palabra. Mi deseo, que no es pequeño, es que la leas con placer.*

Alfredo

*«Yo no sé si esto es una historia que parece cuento o un cuento que parece historia.»*

*Gustavo Adolfo* BÉCQUER

*A Juan Manuel Cicuéndez,*
*que conoce esta historia*
*desde que era un breve proyecto*
*escrito en una cuartilla.*

*Este libro sólo podía ilustrarlo él.*

*Y a él —no al dibujante,*
*sino al amigo— está dedicado.*

1

# La caminata

CORONARON una pequeña elevación de terreno, en la que el camino se apretaba y giraba bruscamente a la derecha, y ante sus ojos apareció por primera vez una panorámica del impresionante cañón del río Lobos.

—¡Aquí está! —saltó de gozo Nuria—. Creí que nunca íbamos a llegar.

Sobre aquel montículo se tomaron un pequeño respiro. Nuria guardó el plano que los había guiado hasta allí en uno de los bolsillos laterales de su mochila. Miguel se limitó a secarse el sudor de la frente y a respirar un par de veces en profundidad, como queriéndose apoderar de todo el aire, tan limpio y tan puro, que recorría aquel valle majestuoso. Por el contrario, Gustavo se dejó caer resuelto sobre la blanda y húmeda hierba, donde quedó sentado, apoyando la espalda en su propio macuto.

—No puedo más —se quejó Gustavo—. Debo de tener un montón de costillas rotas.

—Exagerado —le replicó Nuria.

—¡Mira, mira! —Gustavo se levantó la camisa y mostró a Nuria una pequeña rozadura en uno de sus costados—. ¿Te das cuenta? Este macuto es demasiado grande para mí, el armazón metálico se me clava en las costillas y...

—¡Deja de quejarte! —intervino Miguel—. Nadie te ha obligado a acompañarnos.

Las palabras de Miguel fueron como un detonante para Gustavo, quien de un salto se incorporó y, con el macuto a cuestas, se encaró al compañero de fatigas. Y a pesar de la evidente diferencia de edad y de estatura que existía entre ambos, Gustavo, lleno de energía y de razón, apabulló a Miguel con un tropel de palabras:

—¡Es verdad! ¡Nadie me ha obligado a acompañaros! Pero te olvidas de una cosa: si yo no llego a hacer esta excursión, mi hermana tampoco la hubiese hecho. ¡Que te lo diga ella! Mis padres no estaban dispuestos a dejarla sola contigo. ¡Entérate!

—Vale, pequeñajo —añadió Miguel, cambiando el tono e intentando la reconciliación—. Tienes razón, lo sé, discúlpame...

—¡Y no vuelvas a llamarme pequeñajo! —continuó Gustavo—. El que tenga menos años que vosotros no quiere decir que sea pequeñajo.

—Discúlpame, Gus. Te lo digo en serio, de verdad, lo siento...

Gustavo se alejó unos metros y Nuria y Miguel se miraron un instante sin saber qué decirse. ¡Bueno se había puesto Gustavo! No obstante, su experiencia les decía que pronto se le pasaría el enfado y volvería a ser el de siempre: alegre, divertido, ocurrente, simpático, chistoso... Pero mientras tanto, sólo esperar y, por supuesto, actuar con mucho tacto.

—Yo creo que debemos continuar —dijo Nuria, al cabo de unos minutos de silencio—. Caminamos un rato siguiendo el curso del río y, cuando encontremos un lugar adecuado, acampamos. ¿Qué os parece?

—Bien —respondió Miguel.

Sin rechistar, Gustavo echó a andar a buen paso. Nuria y Miguel le siguieron, después de mirarse y de encogerse de hombros.

—Se ha enfadado de verdad —comentó Miguel en voz baja, para que Gustavo no pudiese oírle.

—Sólo está cansado por la caminata —respondió Nuria en el mismo tono—. Además, es verdad que le roza el macuto. En cuanto plantemos la tienda, se le pasará.

—Eso espero.

A buen paso, siempre con Gustavo algo destacado en cabeza, los tres se fueron internando por aquel valle. El camino zigzagueaba suavemente junto al río. Ya no había grandes pendientes, como las que habían tenido que superar con anterioridad. De no ser por la fatiga acumulada por la marcha que habían llevado a cabo desde Burgo de Osma hasta allí, aquello sería un auténtico y delicioso paseo. La temperatura no podía ser más agradable, propia de la tarde de un verano recién estrenado, y el lugar, envuelto por un silencio profundo, que el correr del agua entre los guijarros del río contribuía a acentuar, emanaba sobre todo una sensación que podía sugerir muchas cosas, pero que sólo podía describirse con una palabra: paz.

Nuria lo intuyó enseguida, y así lo expresó en un momento en que se detuvieron y, sorprendidos y emocionados, miraron a su alrededor:

—¡Cuánta paz!

Sin embargo, Gustavo, más impaciente y cansado, aprovechó la parada para escrudriñar la margen izquierda del río, que era la que en ese punto se mostraba más accesible. De pronto, sus ojos se abrieron al máximo y su rostro, como si hubiese descubierto algo maravilloso, no pudo evitar un gesto de alegría.

—¡Allí! —exclamó, extendiendo su brazo.

Nuria y Miguel miraron hacia el lugar que Gustavo señalaba.

—No veo nada, Gus —dijo Nuria al fin.

—Es que no hay nada —respondió Gustavo.

—Entonces... —intervino Miguel.

—¡Estáis ciegos! —continuó Gustavo como si tal cosa, alzando un poco la voz—. Ese sitio es estupendo para poner la tienda de campaña.

Sin mediar más palabras, los tres se acercaron al lugar. Nada más llegar, Gustavo dejó caer al suelo su macuto, seguro como estaba de que allí, y no en otra parte, iban a acampar.

—No está mal —aseguró Miguel, después de mirar

a su alrededor y de tantear el suelo un par de veces con sus pies.

—Está muy bien, reconócelo —añadió Nuria—. Gus, has tenido buen ojo.

—Sí, sí... —ratificó Miguel.

—¡Bah! —Gustavo adoptó un gesto de suficiencia muy forzado—. No tiene importancia, no hace falta que me deis las gracias.

El lugar era una pequeña llanura recubierta de hierba, muy plana, casi como una alfombra verde, cerca del río y rodeada por algunos árboles frondosos y por unos matorrales espesos que se extendían hacia una de las laderas del valle, formada casi en su totalidad por una impresionante pared vertical de roca, roca viva castigada durante siglos y siglos por el viento y el agua.

Gustavo, con un movimiento ascendente de su cabeza, recorrió con la mirada aquella mole. Sobre la cumbre descubrió un par de águilas, que volaban casi juntas y aparentemente muy despacio.

—¡Son águilas! —exclamó.

—¿Estás seguro? —preguntó Miguel—. A mí me parecen buitres. Además, en algún sitio he leído que en este lugar había muchos buitres.

—¡Estoy seguro! —Gustavo no dio su brazo a torcer—. ¡Son águilas!

Y sin perder un minuto más, comenzaron a liberar todo su equipaje, que tan bien sujeto habían transportado en sus macutos. Sobre la blanda hierba extendieron todo. Nuria y Miguel, enseguida, se encargaron de la tienda de campaña, dejando a Gustavo la tarea de ordenar todos los utensilios que habían llevado: ropa, esteras de gomaespuma, sacos de dormir...

En pocos minutos, una vez fijada su base al suelo, la *canadiense* azul se irguió en medio de aquel paraje. Sus finos mástiles de aluminio aún estaban algo torcidos, pues Miguel no había dejado de pelearse en el interior con la lona, ya que no acababa de encontrar su lugar exacto. Nuria comenzaba a clavar los vientos, a pesar de que Miguel le decía que no lo hiciese.

Gustavo, que había terminado su labor, los miró un instante y se rió de su poca pericia. «Yo ya hubiese terminado», pensó. Miró a su alrededor y volvió a fijarse en aquella roca inmensa que se alzaba tras los matorrales. Pensó que tenía tiempo de echar un vistazo y, sin que se percatasen Nuria y Miguel, se alejó de allí.

En la tienda de campaña, finalmente, todo quedó en su sitio y los vientos fueron tensados hasta que la lona y el doble techo quedaron en perfectas condiciones.

—¡Ya está! —dijo Miguel, satisfecho.

—¡Por fin! —suspiró Nuria.

—Es de seis plazas. Nos sobrará mucho sitio.

—Mejor. Así estaremos más cómodos.

Iban a comenzar a guardar las cosas en la tienda

cuando un grito angustioso les sobresaltó. Inmediatamente, volvieron la cabeza hacia el lugar de donde procedía. No podían ver nada, porque aquellos matorrales frondosos les impedían cualquier visión. Pero de pronto, Nuria reparó en algo.

—¡Gus! —gritó—. ¡No está Gus!

Impulsados por una misma idea, Nuria y Miguel echaron a correr hacia aquellos matorrales. Saltaron por encima de los más bajos y, cuando iban a sortear los más altos, algo chocó violentamente contra ellos.

—¡Ay, mis costillas!

Era Gustavo.

Por la violencia del golpe, los tres cayeron al suelo.

—¿Has sido tú quien ha gritado? —preguntó Nuria, frotándose la frente, donde sin duda se había golpeado.

—He sido yo —reconoció Gustavo.

—¿Has visto un fantasma? —esta vez fue Miguel el que preguntó, volviendo a utilizar un tono burlón.

—Pues no estoy seguro —respondió Gustavo, algo nervioso todavía—. Es decir, yo entré en una cueva que hay entre esas rocas y... y... No sé, pero me pareció que... que...

—¿Qué?

—No sé.

Nuria y Miguel se miraron y se esforzaron por contener una incipiente risa. Gustavo, que se percató de su gesto, se levantó de nuevo enfadado, se sacudió los pantalones, caminó unos pasos y señaló algo que debía de estar tras los matorrales.

—¿No me creéis? Pues entonces entrad vosotros en la cueva y comprobadlo.

Nuria y Miguel se levantaron también y se acercaron a Gustavo. A pocos metros de allí, en la dirección que marcaba el brazo de éste, se abría una pequeña oquedad en la pared rocosa.

—Es verdad —comentó Nuria—. Hay una cueva.

—¡Entrad, entrad! —insistió Gustavo.

Miguel, dándose media vuelta, y utilizando un tono algo superior y despectivo, comentó:

—Antes tenemos que colocar las cosas en la tienda. Luego entraremos, Gus, ya lo creo que entraremos.

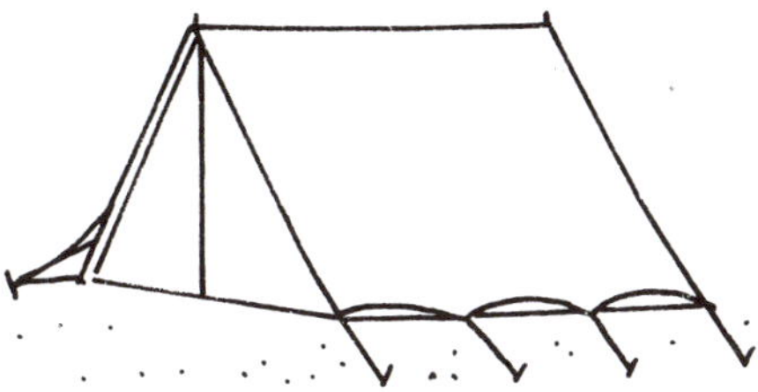

2

## La cueva

COMO la tienda era muy espaciosa y aquél iba a ser el primer día de acampada, se tomaron lo del orden en serio. Con mucho cuidado, introdujeron todas sus cosas en la tienda y las fueron colocando en la zona semicircular del fondo, dejando el resto para dormir.

Extendieron luego las tres esterillas de gomaespuma y sobre ellas los tres sacos de plumas. La pequeña cocina de gas, los cacharros de cocina y la comida los depositaron bajo el pequeño avance que tenía la tienda.

—Ha quedado perfecto —aseguró Nuria—. Tendrían que verlo nuestros padres. Seguro que dejaban de llamarnos desordenados.

—El domingo, cuando vengan a recogernos, podrán verlo —dijo Gustavo.

—¡Estamos a viernes por la tarde! —replicó enseguida Nuria—. El domingo, cuando lleguen ellos, todo estará hecho un desbarajuste.

—De todas formas... podemos intentarlos —añadió Miguel.

Gustavo se acercó hasta la orilla del río, allí se lavó las manos y se refrescó la cara, echándose incluso un poco de agua por el cuello. Se incorporó luego y se quedó mirando a su hermana y a Miguel, que charlaban junto a la tienda. Pensó que para ellos tenía que ser un rollo aguantarle, pero enseguida llegó a la conclusión de que para él también era un rollo aguantarles a ellos. ¿Quién aguantaba más? Era algo que no estaba nada claro. Además, a Nuria bien que le interesó que les acompañase el «pequeñajo» de Gus cuando comprendió que sus padres no la dejarían ir sola con Miguel, ese compañero del colegio que, sí, parecía buen chico, pero del que no sabían prácticamente nada. Y, bueno, ¡qué remedio!... Tendrían que aguantarse unos a otros todo el fin de semana, hasta que el domingo por la mañana sus padres fuesen a recogerlos. Él, claro, lo hubiese pasado mejor, muchísimo mejor, con alguno de sus amigos, de su misma edad, y no con esa pareja que le sacaba nada más y nada menos que cuatro años.

Cuando Gustavo sintió que las manos y el rostro se le habían secado un poco, volvió hacia ellos. Tenía una pregunta preparada que no pensaba retrasar más:

—¿Qué pasa con la cueva?

—¿La cueva...? —Miguel pareció hacerse el tonto.

—Por mí, podemos explorarla. Será divertido —aseguró Nuria.

—No estés muy segura —le advirtió Gustavo.

Miguel se encogió de hombros. Luego, se agachó e introdujo la mitad delantera de su cuerpo por la abertura de la tienda de campaña, rebuscó en el interior y salió al cabo de unos instantes con una linterna en una de sus manos.

—Cuando queráis —dijo, encendiendo y apagando la linterna un par de veces, y echó a andar.

Nuria le siguió al momento y Gustavo tardó algo más en dicidirse. Al menos, iría con ellos hasta la boca de aquella cueva; lo de entrar no lo tenía tan claro.

Junto a la boca de entrada se detuvieron un instante. Miguel encendió la linterna y Gustavo aprovechó el momento para tomar una decisión.

—Yo os espero aquí —dijo.

—Pero... ¿qué viste ahí dentro? —le preguntó Nuria con curiosidad.

—Nada —respondió Gustavo—. No vi nada, pero sentí algo raro, algo... algo... ¡No sé!

—Espéranos aquí —se limitó a decir Miguel, al tiempo que tendía su mano a Nuria.

Ésta le dio la mano y los dos se introdujeron en la cueva. En ese momento, Gustavo sintió un impulso extraño que le lanzó tras ellos. De pronto, había pensado que los tres tenían que estar juntos, y más en momentos de peligro, como los que imaginaba iban a suceder, no sabía por qué, dentro de esa cueva.

—¡Voy con vosotros! —gritó.

Nuria le esperó y le tendió la mano que le quedaba libre.

Y los tres, encabezados por Miguel, que dirigía la linterna hacia las profundidades más tenebrosas de la cueva, se fueron adentrando. A sus espaldas, la luz que penetraba por la boca se iba extinguiendo poco a poco. Cuando apenas quedaba un tenue resplandor, Nuria se detuvo en seco.

—No podemos continuar —dijo, y sus palabras resonaron de una manera especial dentro de aquella cavidad pétrea, fría y húmeda.

—Sí —ratificó Miguel—. Podríamos perdernos. Esta cueva es más grande de lo que parecía. Bueno, Gus, no veo ningún fantasma. Y tú, Nuria, ¿has visto algo?

—Tampoco.

Nuria y Miguel comenzaron a reírse de buena gana, pero su risa se quebró al instante, cuando ellos mismos pudieron escucharla, acrecentada y hueca, perdiéndose por las profundidades ocultas.

Se hizo un profundo silencio. Sin duda, Nuria y Miguel de pronto habían comenzado a sentir un poco de respeto por aquel lugar.

—Bueno, salgamos de aquí —dijo Nuria, al tiempo que giraba sobre sí misma con idea de comenzar a andar hacia el resplandor de la entrada.

Cuando Miguel se volvió también con las mismas intenciones que Nuria, el haz de luz de su linterna iluminó por casualidad una de las paredes de la cueva y algo, que desprendió un brillo intenso y fugaz, llamó su atención.

—¡Eh! ¿Qué es eso?

Los tres se detuvieron y Miguel buscó en la pared rocosa aquel objeto, o lo que fuere. Cuando la luz de la linterna volvió a pasar sobre él, los tres gritaron a la vez:

—¡Ahí!

El haz blanco de luz se centró en aquello. En realidad no era ningún objeto propiamente dicho, era algo que parecía estar esculpido en la roca viva, un relieve con forma circular, como una especie de espiral, de laberinto... La linterna siguió explorándolo y descubrió que estaba horadado en su parte superior, y que por la abertura pasaba una argolla, y por la argolla una cadena de finos y alargados eslabones. ¡Y todo era de piedra! ¡Todo estaba esculpido en la piedra!

—¡Es un medallón! —dijo Nuria llena de sorpresa—. ¡Alguien ha esculpido un medallón en esta roca!

Luego, poco a poco, la linterna fue ascendiendo y su haz blanco les fue mostrando los eslabones de aquella cadena. Y aquella cadena descansaba sobre los pliegues indelebles de unos ropajes, pero de unos ropajes que parecían pertenecer a alguien, a alguna persona...

Los tres muchachos, sin apartar la vista de aquella sorprendente figura, que poco a poco aparecía ante sus ojos, retrocedían inconscientemente.

Y tras los ropajes, apareció un cuello robusto, en el que podían incluso descubrirse músculos y venas.

La mano de Miguel temblaba. Y aquel temblor era el síntoma más claro de lo que los tres sentían en aquellos instantes: miedo, mucho miedo. Pero a pesar del miedo, la mano de Miguel giró lo suficiente para que el haz blanco descubriese el rostro de un hombre.

La luz de la linterna se fijó en aquel rostro, que como el resto de la figura estaba esculpido en la roca. Representaba a un hombre de edad, de facciones duras y pronunciadas, pero muy armónicas: frente ancha y despejada, ojos ligeramente hundidos, pómulos pronunciados, labios finos... Su pelo era escaso y largo y su barba, descuidada y espesa, ocultaba lo que debía de ser una mandíbula grande y recia.

—¡Alumbra el cuerpo! —dijo de pronto Nuria.

La luz de la linterna recorrió todo aquel cuerpo, esculpido en relieve sobre la superficie de aquella roca. Y la luz cada vez era más insegura e inestable, debido únicamente a una mezcla de miedo y nerviosismo que había empezado a invadirles y que, sobre todo, se fijaba en un temblor incontrolable de la mano de Miguel.

—¡Qué me decís ahora! —habló al fin Gustavo—. Os dije que en esta cueva había algo raro.

—Es... ¡fascinante! —Nuria no salía de su asombro—. Por la indumentaria parece un hombre de la Edad Media; esa saya, ese calzado...

—¿Quieres decir que la figura está aquí desde la Edad Media y que nadie la ha descubierto hasta ahora? —preguntó Miguel.

—No lo sé —contestó Nuria—. Pero creo que debemos comunicar el hallazgo cuanto antes.

—¿Y volver andando hasta el pueblo? —se quejó Gustavo—. No contéis conmigo.

La luz blanca de la linterna volvió a recorrer con detalle aquella figura. Había algo en ella que cautivaba, que atraía poderosamente. Quizá sólo fuese ese medallón en el pecho que destacaba tanto.

—Bueno, vámonos ya —dijo Miguel, con una chispa de impaciencia.

—Sí, sí... —añadió Nuria.

Los tres se volvieron y comenzaron a caminar hacia el resplandor que les mostraba la situación de la salida. Iban en silencio, aún impresionados por aquel extraño relieve que acababan de descubrir.

De pronto, una voz que resonó a sus espaldas les heló la sangre y les congeló hasta el aliento:

—¡Alto!

Era una voz que parecía ascender desde el mismísimo centro de la Tierra.

Se volvieron despacio, temblando... La cueva de pronto estaba iluminada por la luz tremulenta y rojiza de varias antorchas encendidas, sujetas a la misma roca.

Lo que los tres vieron a continuación aceleró sus corazones hasta el punto de que podían sentir sus palpitaciones como aldabonazos dentro de sus pechos.

Aquella figura de piedra había comenzado a moverse: primero, sus ojos se abrieron y se cerraron varias veces; luego, sus brazos se irguieron; después, su cabeza se inclinó ligeramente hacia delante y sus piernas avanzaron poco a poco...

Ninguno de los tres podía articular ni una sola palabra. La boca se les había convertido en algo áspero y seco, ni siquiera recordaban que dentro de ella tenían un órgano llamado lengua, un órgano que podía permitirles gritar, pedir socorro con todas sus fuerzas.

Por fin, la figura entera se movía y salía, o se desgarraba, de la mismísima roca. Al principio, sólo parecía eso, roca, una estatua viva. Pero poco a poco sus líneas se fueron suavizando y sus rasgos se hicieron más humanos y cálidos.

—¡Alto! —repitió, y esta vez su voz pareció salir de un cuerpo de carne y hueso.

3

# El alquimista

NURIA, Miguel y Gustavo no sólo habían perdido la noción del tiempo que había transcurrido desde que aquella figura salida de la piedra había cobrado movimiento y vida delante de sus ojos. Habían perdido la noción del tiempo, sí, y de muchas otras cosas más, tal vez de todo lo demás.

Se sentían flotando en algo que, por lo descabellado, sólo podía ser un sueño aunque tuviese apariencia real. Y cada uno de ellos trataba de convencerse a sí mismo de que estaba soñando, simplemente eso, y pronto despertaría como cada mañana.

Pero el sueño era obstinado y no les abandonaba.

Ahora, ese extraño personaje —ya no podía hablarse de estatua— se movía delante de ellos, los miraba, sonriente algunas veces, circunspecto otras. Era un hombre maduro, quizá viejo, aunque no demasiado. Su pelo y su barba eran grises y su rostro estaba surcado por profundas arrugas. Todo él, no sólo sus ropas, tenía aspecto de otra época, de otro mundo...

—No temáis —les dijo de pronto, con una voz segura y dulce—. No voy a causaros ningún daño.

Y aquella voz los envolvió como un abrazo cálido y misterioso. Y los tres, sin comprender por qué, perdieron gran parte del miedo que los atenazaba y al instante comenzaron a sentirse mejor, mucho mejor.

—¿Quién es usted? —preguntó Nuria, y su rostro era la viva imagen del asombro.

—Mi nombre no tiene importancia —respondió aquel personaje sin perder la sonrisa.

—Pero... ¿ha salido de la roca o lo hemos soñado? —preguntó a continuación Miguel.

—Estáis despiertos y todo lo que habéis visto ha sucedido de verdad.

—Entonces... usted... —ahora le tocaba a Gustavo hacer su pregunta—. ¿Es... un fantasma?

Aquel extraño personaje rió de buena gana, y su risa, aunque retumbó en la oquedad de la cueva, resultó humana y próxima.

—¡Un fantasma! —respondió sin dejar de reír—. No sé muy bien lo que es un fantasma, pero sí, sí... Tal vez lo sea.

Gustavo sintió unas ganas enormes de decir a Nuria y a Miguel unas cuantas cosas por haber desconfiado de él, pero comprendió que no hacía ninguna falta. Estaba muy claro. Ellos, sin duda, ya habían comprobado que tenía razón. ¡Y de qué manera!

—Yo viví hace mucho tiempo —continuó el extraño personaje—, hace muchos siglos...

—¿En la Edad Media? —le interrumpió Nuria, que estaba ansiosa por saber si su intuición había sido acertada.

—Sí —le confirmó el extraño personaje—. En la Edad Media, sí. Aunque ese nombre es una invención de gentes de ahora. ¡Edad Media! No está mal, me gusta... Cualquier tiempo está a mitad de camino de algo, en medio de alguna cosa... Sí, me gusta. Viví en aquel tiempo y dediqué toda mi vida y todo mi entusiasmo a la alquimia.

—¿A qué? —preguntó Gustavo.

—Es alquimista —le sopló su hermana al oído.

—¿Y qué es eso?

Nuria iba a tratar de responder a su hermano, pero no pudo hacerlo, porque aquel hombre se había acercado a ellos y, siempre con una sonrisa dibujada en sus labios, se dirigió a Gustavo.

—Fui alquimista —le dijo—. La alquimia era sobre todo un arte. Fíjate bien, he dicho un arte.

—¿Como la pintura o la escultura? —volvió a preguntar Gustavo, hecho un lío.

—Sí —continuó el alquimista—. El arte persigue siempre una misma cosa: expresar al hombre en su totalidad, desde su vida más cotidiana hasta sus sueños más imposibles.

—Pero... —Gustavo no conseguía poner sus ideas en orden— ¿qué hacían los alquimistas?

—La alquimia perseguía cosas como la panacea universal, es decir, el remedio contra todo mal y toda enfermedad, el elixir de la vida. Ése ha sido a través de la historia uno de los sueños más imposibles del hombre.

—Y usted... ¿encontró esa panacea? —preguntó una vez más Gustavo.

—¡Oh, no! —el alquimista negó con la cabeza—. Nadie ha encontrado todavía el elixir de la vida.

—Pero usted está vivo —a Gustavo aquella conversación le parecía un galimatías.

—En ningún momento os he dicho que esté vivo.

—¿Es un fantasma entonces?

—¡Ja, ja, ja...!

La risa del alquimista volvió a resonar con fuerza en la cueva y, aunque comenzó siendo humana, acabó convirtiéndose en un sonido profundo y pétreo, que a los tres muchachos les puso la carne de gallina.

Cuando el alquimista se calmó, se quedó unos instantes mirándolos en silencio y, una vez que la risa se extinguió por completo de su rostro, les dijo con solemnidad:

—Yo encontré otra cosa, casi tan importante como el elixir de la vida.

—¿Cuál? —preguntaron los tres a la vez.

—La piedra filosofal.

Gustavo pensó interrumpir de nuevo al alquimista para preguntarle qué significaba eso de la piedra filosofal, pero como le vio en disposición de continuar hablando, se calló y escuchó con atención.

—Desde los tiempos más antiguos, el hombre ha buscado la piedra filosofal: la fórmula que consiguiese producir oro de la mezcla de otros minerales.

—¡Oro! —se le escapó a Gustavo.

—Oro en inmensas cantidades.

—¿Y usted ha descubierto esa fórmula, o esa piedra filosofal, o como se llame?

—Por eso estoy aquí. Antes de desaparecer para siempre debo transmitir mi descubrimiento a otras personas. Y vosotros habéis sido los elegidos.

—¿Nosotros...? —esta vez fue Miguel el que preguntó titubeando—. ¿Y por qué nosotros?

—Porque sois jóvenes —sentenció el alquimista—. Sólo por eso.

—¿Quiere decir que, cuando sepamos la fórmula, nosotros mismos podremos convertir, por ejemplo, una simple piedra en oro?

—Tú mismo lo has dicho. Podréis hacerlo. Pero yo no pretendo obligaros a aceptar mi fórmula, quiero saber antes si vosotros deseáis recibirla.

Los tres muchachos se miraron al instante. Cada uno de ellos tenía ya una respuesta en su mente, una respuesta que sólo quería contrastar con la de sus compañeros. Y la simple mirada bastó, pues sólo con ella se pusieron de acuerdo. A través de Nuria contestaron:

—Deseamos conocer su fórmula. Los tres lo deseamos.

El alquimista esbozó una sonrisa antes de responder.

—Fijaos entonces en mi rostro. Grabad todas mis facciones en vuestra mente. Recordadlo bien, porque a partir de ahora tendréis que buscar mi rostro. Y hasta que no lo encontréis, yo no podré revelaros el secreto de la piedra filosofal.

Los tres iban a iniciar una pregunta, pero ninguno de ellos tuvo tiempo ni para abrir la boca, pues el alquimista, con un rápido movimiento de sus manos, dejó caer algo, algo que sin duda tenía un extraño e irresistible poder, algo que envolvió el lugar en una densa nebulosa que les impidió cualquier visión. De nuevo asustados, se buscaron y se abrazaron con fuerza.

De repente, se sintieron zarandeados de un lado a otro, hasta que sus cuerpos se volvieron ingrávidos y comenzaron a flotar dentro de aquella nebulosa, que ahora más bien parecía un torbellino arrollador. Sólo un grito angustiado salía de las gargantas de los tres muchachos, un grito que la cavidad rocosa de aquella cueva acrecentaba y repetía por las profundidades más inaccesibles.

—¡Socorro! ¡Socorro! ¡Socorro!

Al cabo de unos minutos, la vorágine fue cesando poco a poco. Nuria, Miguel y Gustavo volvieron a sentir sus cuerpos, sus formas, sus contornos... Y lo que les pareció mucho más importante: volvieron a sentir el suelo bajo sus pies.

Lentamente, la nebulosa se fue disipando y los tres volvieron a encontrarse, abrazados fuertemente, asustados aún, en medio de un lugar extraño, que evidentemente no era la cueva, ni siquiera el cañón del río Lobos, donde debían pasar todo el fin de semana.

Se trataba de un recinto cuadrado, enmarcado por una hilera de columnas y arcos, y totalmente descubierto. De nuevo, además de sentir el suelo bajo sus pies, un suelo otra vez blando y húmedo de hierba, sentían un espacio abierto, el aire, la bóveda celeste sobre sus cabezas...

—¿Qué es esto? ¿Dónde estamos? —eran preguntas que los tres se hacían una y otra vez y que sólo Miguel formuló en voz alta.

—Parece un claustro —dijo Nuria, algo ensimismada.

—¿Te refieres a esos patios cuadrados llenos de columnas que suele haber junto a las iglesias? —preguntó Gustavo.

—Sí, a eso me refiero.

—Pero en este lugar sólo hay columnas y arcos. No hay galerías, ni siquiera tejado.

—Son las ruinas de un claustro —añadió Nuria, tratando de recordar algo—. Yo he visto esto en alguna parte, estoy segura.

—Sea lo que sea, vámonos de aquí —dijo Miguel, y comenzó a caminar, seguido de Gustavo, en dirección a una puerta que se veía tras una de las hileras de columnas y arcos.

Aquel lugar estaba cercado por una alta tapia de piedra, una tapia que impedía cualquier visión del exterior y cuya misión debía de ser impedir que nadie entrase al recinto, o por contra, impedir que nadie saliese de él.

—¡San Juan de Duero! —gritó de pronto Nuria.

Miguel y Gustavo se detuvieron en seco.

—¿Qué dices? —preguntó Miguel—. ¿Por qué gritas así?

—¡Estamos en las ruinas del claustro de San Juan de Duero! —continuó Nuria—. Lo recuerdo perfectamente. Hice un trabajo de arte el mes pasado y vi una fotografía de este lugar. Entonces, ya me llamó la atención. Es un claustro extraño, atípico, una mezcla de varios estilos... Fijaos en esos arcos cruzados.

—¿Y se puede saber dónde se encuentra ese claustro? —interrumpió Miguel la disertación de Nuria.

—En Soria.

—¿En Soria? ¿En qué lugar de Soria?

—En Soria capital.

—¡En Soria capital! —repitió mecánicamente Miguel—. Eso quiere decir...

—Que estamos a unos sesenta kilómetros aproximadamente del cañón del río Lobos, donde debe de encontrarse nuestra tienda de campaña.

Gustavo resopló un par de veces y negó con la cabeza.

—Cuando lo cuente en el colegio, no se lo van a creer. Me van a llamar chiflado.

Miguel, tras un momento de incertidumbre, continuó su marcha hacia aquella puerta.

—Me da igual que estemos a sesenta o a seis mil kilómetros del río Lobos. Yo lo que quiero ahora es salir de este claustro, o lo que sea —dijo.

Nuria y Gustavo lo siguieron.

# 4

# El rostro de piedra

LA puerta que comunicaba el recinto del claustro de San Juan de Duero con el exterior estaba abierta de par en par y nadie se encontraba por los alrededores. La franquearon con cierta prisa y bastante nerviosismo y, rodeando una alta tapia, llegaron a una carretera estrecha y mal asfaltada. Esa carretera, sin duda, era una de las salidas de la ciudad, pero no debía de conducir a ningún lugar importante, sino más bien a algún pueblecillo cercano. Tenían dos posibilidades: alejarse de Soria por aquella carretera o adentrarse en la ciudad, que se extendía entre un par de pequeñas colinas, al otro lado del río.

—¿Qué hacemos? —preguntó Miguel, mirando a un lado y a otro, sin saber qué rumbo tomar.

—Debemos buscar al alquimista —respondió Gustavo—. Él dijo que teníamos que encontrar su rostro.

Miguel negó un par de veces con la cabeza y añadió:

—Yo no sé lo que nos ha pasado. No puedo entenderlo, pero algo nos ha tenido que pasar. Quiero decir, algo que tenga explicación lógica. Yo creo que a quien debemos buscar es a la Policía.

Los tres permanecieron unos instantes en silencio. Sin duda, toda aquella experiencia alucinante que acababan de vivir volvía a representarse con detalle en su mente. Parecía un sueño, y a eso lo hubiesen achacado de no ser porque los tres aseguraban estar bien despiertos y haber visto y sentido las mismas cosas.

Nuria, con la autoridad que le daba su reconocida sensatez, dijo:

—Pues yo creo que debemos buscar al alquimista durante algún tiempo. Si no lo encontramos, entonces vamos a la Policía y le decimos lo que nos ha ocurrido.

—Mejor volvemos al río Lobos, a nuestra tienda de campaña y no decimos nada a nadie —comentó Gustavo, negando con la cabeza.

—¿Por qué no quieres ir a la Policía?

—Porque se reirán de nosotros. Imaginaos la situación. Seguro que nos toman por locos. Quién sabe, hasta es posible que nos ingresen en un manicomio.

Siempre impaciente, intervino Miguel:

—¿Y por dónde vamos a buscar? —preguntó.

—Por Soria, por la ciudad —le respondió Nuria—. Si él nos ha traído hasta aquí, será por algo. Yo creo que tiene que encontrarse por algún lugar de la ciudad, escondido en alguna parte.

—A lo mejor resulta hasta divertido; vamos a jugar un rato al escondite.

Se produjo un nuevo silencio, pero esta vez la decisión estaba tomada. Harían lo que Nuria había propuesto.

Comenzaron a caminar en dirección a la ciudad, atravesaron el cercano puente que cruza el Duero y ascendieron por empinadas calles. Al observar la vida cotidiana de la ciudad, en la que nada parecía alterado o fuera de lugar, su extrañeza iba en aumento. De vez en cuando se miraban entre sí, o a sí mismos incluso, como para confirmar que en efecto estaban allí, moviéndose de un lugar a otro por las angostas calles de Soria.

Pensaban que el alquimista tenía que ser alguna de las personas que transitaban por la calle, que se chocarían con él en cualquier esquina, o que le verían sonriendo en algún soportal. Por eso, su obsesión era la gente, esa gente que como cada día transitaba de un lado a otro ocupada en algún asunto, o que simplemente había salido a pasear sin prisa una vez pasados los fuertes calores de la tarde. Porque, eso sí, la hora no había cambiado. Seguía siendo por la tarde, como cuando terminaron de instalar su tienda de campaña en el cañón del río Lobos y decidieron asomarse al interior de aquella cueva. Aunque no podían ver el sol, por la angostura de las calles por las que transitaban, se le adivinaba ya bajo, al galope hacia el crepúsculo.

—Pronto se hará de noche —dijo casi para sí Miguel, sin esperar respuesta.

Sin rumbo fijo, sin dejar de mirar a todas las personas que se cruzaban en su camino, pasaron varias horas. Y cuando la noche se había apoderado ya por completo de la ciudad, los tres acabaron sentados ante la iglesia de Santo Domingo, muy cansados por la caminata y por las impresiones vividas. Sentados sobre las frescas losas del suelo y con sus espaldas apoyadas contra las piedras de la impresionante fachada románica, ninguno sabía qué podían hacer a continuación, por eso permanecieron en silencio durante largo rato.

—Y ahora... —al fin se decidió Miguel—, ¿os convencéis de que debemos ir a la Policía?

La geometría perfecta de la fachada —dos pisos de arcos ciegos y un gran rosetón sobre una majestuosa portada con arquivoltas cuajadas de pequeñas figuras— estaba iluminada por unos potentes focos de luz eléctrica, lo que resaltaba el color ocre, casi bermejo, de sus piedras, dotándola de un atractivo especial, casi mágico.

Al oír a Miguel hablar otra vez de ir a la Policía, Gustavo se levantó un poco molesto por tanta insistencia en algo que a él le parecía absurdo e innecesario. Se separó un poco de sus compañeros y se quedó mirando esas arquivoltas de la portada, y al momento quedó prendado por el magnetismo de toda la fachada.

«¡La cantidad de figuras que hay!», pensó.

No pudo contener su emoción y llamó a su hermana y a Miguel varias veces, hasta que consiguió levantarlos del suelo para que contemplasen junto a él aquella maravilla escultórica.

—Creí que habías visto al alquimista —dijo Miguel, algo burlón.

—¡Oh, no! Pero esto vale la pena. Es... es... es... No encuentro la palabra.

Y la vista de los tres se perdió entre las hileras de figuritas, hasta que, de repente, los focos que iluminaban la fachada se apagaron.

—¡Vaya! —exclamó Miguel—. Se acabó la función.

—Debe de ser muy tarde ya, por eso han apagado las luces —reflexionó Nuria.

Si Nuria y Miguel habían apartado su vista inmediatamente de la portada, Gustavo aún seguía mirando embelesado. Tras el primer impacto de la oscuridad, había descubierto un destello casi imperceptible en una de aquellas figuras. Clavó su mirada en ella y descubrió con asombro que aquella figura se parecía a...

—¡Es él! —gritó de pronto.

Nuria y Miguel se volvieron al instante.

—¿Qué dices?

Gustavo señalaba con uno de sus brazos a la figura, que poco a poco se iba iluminando.

—¡El alquimista! —insistió—. ¡Está ahí!

—¡Es cierto! —ratificó Nuria, llena de sorpresa y contagiada por la emoción de su hermano.

La pequeña figura de piedra, como si tuviese una extraña y poderosa luz en su interior, continuó iluminándose hasta alcanzar una nitidez asombrosa. Nuria, Miguel y Gustavo se habían acercado al máximo y contemplaban embelesados lo que se estaba desarrollando ante sus propios ojos.

El alquimista ahora parecía un diablillo, con aquel cuerpo tan menudo y redondeado. Al momento, sintieron un pequeño crujido y la cabeza de aquella figurilla giró levemente hacia ellos y otra vez descubrieron los ojos profundos, incisivos y brillantes de aquel hombre. Luego, los labios comenzaron a moverse, al tiempo que alguna arenilla se desprendía de ellos.

—Ya veo que no os ha costado trabajo dar conmigo otra vez.

Ninguno de los tres se atrevió a contradecirle, a pesar de que sólo unos minutos antes estaban dispuestos a abandonar la búsqueda. Es más, la emoción del instante de nuevo les hacía olvidarse de cosas tan prosaicas como la fatiga que les había llevado a sentarse ante la fachada de la iglesia.

Gustavo, más ansioso que los demás y sintiéndose en cierto modo protagonista, ya que él había sido el descubridor, tomó la iniciativa y trató de concluir cuanto antes el asunto que los había llevado hasta allí desde el río Lobos.

—¡Lo hemos encontrado! —dijo al alquimista—. Ahora tendrá que entregarnos la fórmula esa que convierte las piedras en oro, la... la... ¿Cómo se llama?

—La piedra filosofal —le ayudó Nuria.

El alquimista sonrió levemente y continuó hablando muy despacio.

—Estáis en el buen camino para conseguirla, pero los caminos que llevan a lugares importantes son siempre largos. Tendréis que descubrir mi rostro otra vez, en otro lugar.

La figurilla comenzó a perder brillo, como si esa luz misteriosa que la alumbraba comenzase a extinguirse. Miguel, antes de que desapareciese por completo, se apresuró a hacer una última pregunta:

—Pero... ¿dónde le buscaremos ahora?

El alquimista volvió a hablar, y esta vez su voz fue más débil, apenas un susurro:

—En el fragor de una batalla que se libró hace más de dos mil años muy cerca de donde estamos ahora. Sólo las piedras, mudas y desgastadas por los siglos, quedan como testigos. Pero el fragor de la batalla aún puede oírse algunas noches, aún puede oírse...

Los tres se miraron un segundo, tratando de descifrar aquel enigma. Cuando volvieron a elevar su vista hacia las arquivoltas de la portada, la luz había desaparecido y no quedaba ni rastro del alquimista.

—¿Qué hacemos ahora? —preguntó Gustavo completamente desolado.

—No sé —respondió Miguel.

—¿Cómo vamos a saber dónde tuvo lugar esa batalla si ocurrió hace más de dos mil años? ¡Qué se habrá creído el alquimista!

Adoptando un pequeño gesto de superioridad, intervino Nuria:

—Veo que andáis mal en historia. Ese lugar sólo puede ser Numancia.

—¿Numancia?

—Sus ruinas están cerca de aquí.

Y los tres, de una manera inexplicable, volvieron a quedar cautivados por algo misterioso, algo que los impulsaba a ponerse en camino hacia las ruinas de la ciudad de Numancia, que más de dos mil años antes y después de veinte de resistencia había sucumbido ante el asedio romano.

Salieron de la ciudad por la carretera de Logroño, donde encontraron un indicador que decía: «A las ruinas de Numancia, 8 km.»

Ninguno protestó por la nueva caminata que les esperaba en medio de la noche. Nuria les contó cuanto recordaba del asedio romano a Numancia y de cómo los numantinos resistieron hasta el límite de sus fuerzas.

—¿Y por qué no se entregaron a los romanos si sabían que iban a perder aquella guerra? —preguntó Gustavo, quien no acababa de comprender por qué aquellos hombres y mujeres prefirieron morir antes que rendirse.

—Para defender su independencia —respondió Nuria—. Yo creo que la independencia es una cosa muy importante.

—Y su libertad —añadió Miguel—. Si se rendían, acabarían siendo esclavos. Los romanos tenían un montón de esclavos.

Gustavo recapacitó un poco y añadió:

—Sí, sí... tenéis razón, pero yo creo que los numantinos fueron un poco cabezotas.

Sin aminorar la marcha, rieron de buena gana.

Nuria siguió con sus explicaciones, hablando y hablando sin parar. Poco antes de llegar a Numancia, Gustavo la interrumpió:

—¿Sabes, hermanita? En estos momentos me alegro de que seas tan empollona.

5

# El fragor de la batalla

ENCONTRARON las ruinas de lo que fue la ciudad de Numancia sobre una colina amplia y suave, desde la que aún podían distinguirse las luces de la ciudad, ya casi dormida. Todo el lugar estaba cercado con una alambrada, aunque su pésimo estado de conservación permitía el acceso con relativa facilidad. Por el punto más alejado de la entrada principal, donde supusieron que se hallaría algún vigilante, penetraron en el recinto, en silencio y emocionados.

Al momento, notaron que la claridad aumentaba considerablemente y, sin esfuerzo, descubrieron que unas nubes que se movían hacia el este con rapidez habían dejado al descubierto una luna llena, pletórica y radiante. Poco a poco, todo comenzaba a tener forma y sentido.

Ningún edificio quedaba en pie, ningún templo, ninguna columna... ¡nada! Contemplada en la noche, envueltos en un silencio estremecedor que sólo el persistente viento rompía de vez en vez, la ciudad

era algo casi irreal, el decorado de un sueño extraño e indescifrable.

Caminaron de un lado a otro, siguiendo hileras de ancianas y derrotadas piedras de lo que fue la muralla, de lo que fueron las casas, los establos, los canales... Por muchos lugares, la maleza, alta y descuidada, llegaba a tapar por completo las piedras.

La sorpresa, la emoción, la intriga... todas esas cosas que habían experimentado al entrar en el recinto de la ciudad, junto a grandes dosis de curiosidad y una pizca de extraño e irresistible magnetismo, les impulsaban a seguir adelante incansablemente. Sí, había algo allí, algo que casi podía respirarse, algo que atraía poderosamente, como un imán irresistible.

—¡Qué silencio! —exclamó Miguel en una ocasión—. Sólo siento el viento zumbando en mis orejas.

—Es impresionante —ratificó Nuria—. Todo aquí es impresionante.

—Lo que está claro es que si por algún sitio se oye un fragor de batalla, como dijo el alquimista, lo oiremos sin dificultad —añadió Gustavo—. Alguna ventaja tiene este silencio.

Se introdujeron en lo que fue una casa y recorrieron sus estancias, tratando de identificar el lugar de las habitaciones, del patio, del establo...

—A los numantinos les gustaba vivir en casas grandes —dijo Gustavo—. Aquí se pierde uno.

—Ten en cuenta que en aquella época tenían en las

casas animales, graneros y muchas otras cosas que nosotros hoy no necesitamos.

—¿Cómo que no?

—Quiero decir que no necesitamos tenerlas en la habitación de al lado.

Después de caminar de un lado a otro durante más de una hora, cautivados por el lugar, casi ya sin recordar cuál era el motivo de su estancia allí, se sentaron en un alto y permanecieron en silencio, absortos. Por la mente de cada uno pasaban mil imágenes que les mostraban la ciudad en otros tiempos más esplendorosos.

Tan abstraídos estaban, que no se dieron cuenta de que por la ladera oeste de la colina, ascendiendo desde el Duero próximo, una densa niebla se iba apoderando de todo. Era una niebla baja, que parecía arrastrarse por el suelo como un pesado reptil. Cuando reaccionaron, su vista no alcanzaba más allá de dos metros.

—¿Qué ha pasado? ¡No veo nada! —gritó Gustavo, algo asustado.

—La niebla se ha echado encima. ¿No notáis la humedad? —dijo Miguel.

—Dadme la mano. No tenemos que separarnos. Podríamos perdernos —esta vez fue Nuria la que habló, y como siempre se mostraba la más precavida y juiciosa.

Los tres se cogieron fuertemente de las manos y comenzaron a andar despacio, tanteando el suelo con sus pies antes de dar un paso; pero enseguida se detuvieron, ya que era absurdo seguir caminando sin ver nada, con riesgo de caer por algún terraplén o a alguno de los pozos que habían visto con anterioridad.

De pronto, un ruido extraño les llamó la atención.

—¿Oís? —preguntó Gustavo.

—Sí.

—¿Qué es eso?

—Parecen caballos —dijo Miguel.

—¡Caballos! —Gustavo era todo un gesto de perplejidad y asombro.

Poco a poco los ruidos se fueron incrementando y ahora, con lo que seguían pareciendo caballos al galope de un lado para otro, se mezclaron gritos ininteligibles, algunos alarmados, otros como lamentos profundos; llantos de niños, estruendo de carros, chocar de armas... Al tiempo, entre la densa niebla comenzaron a distinguirse fuertes resplandores de un rojo intenso y tremolante. Eran lenguas de fuego que parecían caer del cielo o surgir de las mismas entrañas de aquella tierra enloquecida.

—¡Tenemos que salir de aquí! —gritó Miguel.

—¿Cómo? —preguntó Nuria angustiada.

—¡No lo sé! Pero... ¡vamos!

Los tres, muy asustados, echaron a correr sin dirección alguna, sólo intentando salir de aquel lugar, que de repente parecía haberse convertido en un infierno.

La niebla se aclaraba en algunos trozos, lo que les permitía ver con más nitidez todo lo que les rodeaba. Una auténtica legión romana destruía Numancia sin piedad. La arrasaba. Sólo algunos hombres, en clara inferioridad, les hacían frente, con la certeza de que su muerte era segura. Las mujeres y los niños se quitaban la vida para no caer en manos de los invasores.

Sin ver siquiera por dónde pisaban, Nuria, Miguel y Gustavo, aterrorizados, no cesaban de correr, tratando de abandonar aquel sitio, o aquella pesadilla. De pronto, un objeto se interpuso en su carrera y, sin poder evitarlo, se estrellaron contra él. Era un hombre, alto y robusto, con los brazos abiertos.

—¿Adónde vais? —les preguntó el hombre con una voz rotunda.

Y algo conocido, ya casi familiar, descubrieron al instante en aquella voz.

—¡El alquimista! —gritó Gustavo.

—En efecto.

Y de nuevo esa risa profunda y cavernosa del alquimista resonó en la noche, eclipsando por un instante los demás ruidos.

—¡Hemos vuelto a encontrarle! —exclamó Gustavo, lleno de alegría.

—O él a nosotros —reflexionó su hermana.

—Veo que vais desentrañando los misterios del laberinto —habló el alquimista.

—¿El laberinto? —preguntó Miguel—. ¿A qué laberinto se refiere?

—Todas las cosas de la vida son un laberinto.

Tras decir estas palabras, el alquimista se volvió a reír. Y aquella risa se le antojó a Nuria como un gesto de suprema indiferencia hacia el terror que se estaba viviendo a su alrededor. Por eso, protestó e indagó:

—Pero... ¿cómo puede reírse así cuando aquí mismo, a nuestro alrededor, está muriendo la gente?

—Es el fragor de la batalla —dijo el alquimista—. Vosotros habéis sabido encontrarlo, de lo contrario yo no hubiese aparecido de nuevo.

—¿Pero no puede hacer algo por detener esta matanza?

El alquimista entonces arqueó sus manos alrededor de su boca, respiró profundamente y sopló despacio, pero con fuerza, girando la cabeza a un lado y a otro. Y en un instante la niebla desapareció por completo, llevándose con ella los cascos terribles de los caballos, los gritos angustiosos, los llantos desgarrados, el crujido espeluznante de las armas...

Y las ruinas de la ciudad volvieron a mostrarse desnudas y descarnadas a la luz de la luna llena, y el silencio se apoderó de todo, y el viento con su perseverancia de siglos volvió a barrer la colina.

—Nadie puede hacer nada —respondió al fin el alquimista a la pregunta de Nuria—. Nadie puede hacer nada por cambiar lo que ya ha sucedido.

—¿Ni siquiera un alquimista que ha descubierto la piedra filosofal? —preguntó Gustavo con ingenuidad.

—Ni siquiera —respondió el alquimista.

Se produjo un largo silencio, un nuevo largo silencio, en el que los tres muchachos trataron de poner un poco en orden sus ideas. Miguel fue esta vez el primero en reaccionar.

—Entonces... —dijo—. ¿Qué ocurrirá ahora? ¿Nos entregará el secreto de esa fórmula?

—Aún no.

—Pero hemos hecho lo que usted quería. Le hemos encontrado en medio del fragor de la batalla, y no ha sido fácil ni agradable...

—Es cierto, pero tendréis que seguir buscándome.

—¿Dónde?

—En un navío.

—¡En un navío! —se sorprendió Gustavo—. ¿Eso quiere decir que tendremos que ir al mar?

—No, necesariamente.

Los tres se miraron confundidos. Luego, Nuria recapacitó en voz alta:

—¡Un laberinto! ¿No os dais cuenta? Él mismo lo ha dicho hace unos momentos. Sí, claro, estamos metidos en un laberinto.

El alquimista volvió a sonreír, volvió a colocarse las manos alrededor de su boca y sopló con fuerza, pero esta vez dirigió su aliento hacia los muchachos.

Un auténtico huracán arrastró a los tres, envolviéndoles en una densa nube de polvo que de nuevo les impidió toda visión.

—¡Socorro! —fue el grito unánime.

En esta ocasión no tuvieron tiempo de cogerse de las manos y cada uno, por separado, sintió la angustia de verse solo, ignorando el paradero de los otros y sin poder hacer nada por evitarlo.

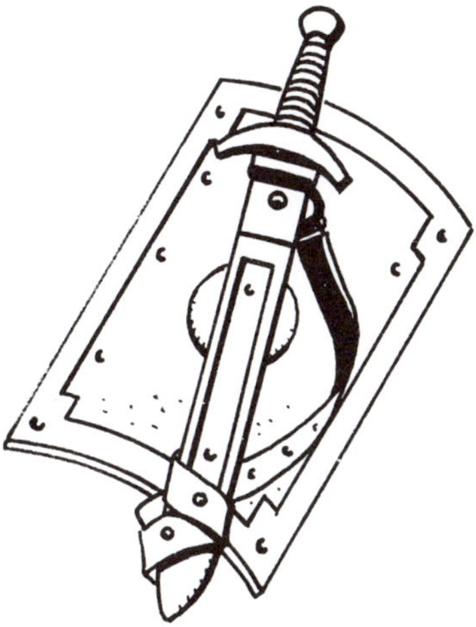

# 6

## El navío

LOS primeros rayos del sol comenzaron a ribetear de púrpura las escasas nubes. Amanecía en la inmensa y silenciosa llanura castellana.

Nuria, Miguel y Gustavo dormían sobre un duro colchón de tierra, apenas suavizado por un escaso manto de hierba rala. El viento, fresco por la madrugada y la proximidad del Duero, acarició sus cuerpos cansados una y otra vez, hasta que consiguió estremecerlos, primero, y despertarlos, al fin.

Miguel abrió los ojos en primer lugar y descubrió sobre él la inmensa y radiante bóveda celeste. Luego, miró a su alrededor y sintió una enorme alegría al ver a su lado a Nuria y Gustavo. No sabía en qué lugar podían encontrarse, pero al menos continuaban juntos. Extendió su desnudo brazo hacia Nuria y, antes de despertarla, se fijó en su piel de gallina.

—¡Nuria! ¡Nuria! ¡Despierta!

Nuria abrió los ojos, miró levemente a su alrededor y preguntó con inquietud:

—¿Dónde estamos?

—No lo sé. Acabo de despertarme.

Se levantaron despacio y el leve movimiento de sus cuerpos al incorporarse sirvió para que Gustavo también se despertase.

—¡Eh! ¿Qué ha pasado? Me he quedado dormido.

—Todos estábamos dormidos —le tranquilizó su hermana.

—¿Qué sitio es éste?

—No lo sabemos.

—No tiene pinta de ser un navío, ¿verdad?

—Eso seguro. Puede ser cualquier cosa menos un navío. Ahora vamos a tratar de descubrirlo.

Una detenida pero rápida mirada a su alrededor les bastó para descubrir que se encontraban en el interior de una gran fortaleza, estrecha y muy larga. Una muralla les rodeaba por todas partes y sólo en uno de sus extremos parecía levantarse una especie de torreón. Caminaron hasta uno de los lienzos de la muralla y se encaramaron a ella. Entonces descubrieron que aquella fortaleza se levantaba sobre un cerro o altozano en medio de una impresionante llanura. ¡La cantidad de tierra que podía abarcar la vista desde allí!

Haciendo todo tipo de conjeturas sobre el lugar donde podían encontrarse, recorrieron la muralla, que se mostraba desnuda, desprovista de cualquier otra edificación, aunque algunas excavaciones al descubierto indicaban claramente que en otros tiempos esto no había sido así.

Descubrieron también una puerta que les llamó la atención. Era una puerta con un arco de herradura, grandioso y esbelto, como sin duda debía corresponder a tan singular fortaleza.

—Es un castillo musulmán, ese arco es árabe —afirmó Nuria.

—Pero... ¿cómo saber cuál? —preguntó Miguel—. España está llena de castillos musulmanes.

—Pues si estamos en un castillo musulmán, más vale que nos vayamos cuanto antes de aquí —intervino Gustavo.

—¿Por qué?

—El alquimista dijo que tendríamos que buscarle en un navío.

Quedaron en silencio unos instantes y luego Miguel aportó unas cuantas razones más para marcharse enseguida de aquel castillo.

—Yo creo que Gustavo tiene razón.

—¡Menos mal! —exclamó Gustavo en tono de guasa—. Por fin reconoces que alguna vez puedo tener razón.

—Debemos marcharnos —continuó Miguel—. Allí abajo se ve un pueblo, también un río... Preguntaremos a alguien. Tal vez este castillo esté cerca del mar. Los moros estuvieron mucho tiempo por las costas de Levante y Andalucía. Sí, yo creo que es posible que nos encontremos cerca del mar, a pocos kilómetros.

Y sin más reflexiones descendieron de la fortaleza por un estrecho y empinado camino hacia el pequeño pueblo que se extendía en el llano, hacia el río.

Y no fue preciso que preguntasen a nadie, pues en un indicador de carretera descubrieron claramente su situación. El pueblo era Gormaz, y la fortaleza, por supuesto, el castillo de Gormaz.

—¿Entonces...? —se preguntó Miguel en voz alta, algo desolado.

—Continuamos en la provincia de Soria —le respondió Nuria—. Muy lejos del mar.

—¡Buf! —resopló Gustavo—. Creo que tendremos que despedirnos del alquimista.

También por un indicador de carretera descubrieron que se encontraban a sólo quince kilómetros de Burgo de Osma, punto desde el que habían iniciado su marcha el día anterior hasta el cañón del río Lobos. Reconocieron que tan sólo pensar en la posibilidad de ir al mar desde allí era empresa de locos en sus condiciones, y más sin saber en qué lugar del mar podría hallarse el navío a que se refirió el alquimista. Por tanto, tomaron la decisión de volver a Burgo de Osma y comenzaron a caminar por la estrecha carretera comarcal, hacia un cruce próximo, donde esperaban hacer auto-stop.

Cuando Gormaz ya había quedado atrás, sin dejar de caminar, Nuria volvió un instante su cabeza y contempló la panorámica del pueblo chato, pegado a la tierra, y tras él, sobre ese cerro que parecía una cresta escarpada, la fortaleza impresionante, estrecha y alargada, con esa especie de torreón en su extremo más oriental, que le daba un aspecto de quilla de un gigantesco barco de piedra surcando un mar, que no era de agua, sino de tierra llana e infinita.

Pero Nuria volvió de nuevo su vista hacia el camino, hacia esa carretera estrecha que a punto estaba de llegar al cruce.

—¿Tú crees que alguien querrá llevarnos? —le preguntó su hermano—. La última vez que intenté hacer auto-stop estuve más de dos horas en la carretera y nadie se dignó parar.

Nuria no respondió a su hermano. De pronto, la imagen de aquel castillo se le había quedado grabada en su mente, y aunque estaba de espaldas a él, seguía viéndolo. Se detuvo en seco. Gustavo y Miguel la imitaron sin saber muy bien por qué.

—¿Qué ocurre? —preguntó Miguel.

Nuria se volvió de golpe, señaló el castillo con uno de sus brazos y gritó:

—¡El navío!

Y los tres quedaron boquiabiertos ante aquella visión. No cabía la menor duda: a eso y no a otra cosa debió de referirse el alquimista al hablar de un navío. ¡Un navío de piedra! Tenía sentido, sí, porque hasta el momento todos los lugares donde se les había aparecido tenían algo que ver con las piedras: las paredes rocosas de la cueva del cañón del río Lobos, el claustro de piedra de San Juan de Duero, la

fachada de piedra de la iglesia de Santo Domingo, las ruinas de piedra de Numancia y ahora... ¡un navío de piedra!

Sin perder un instante, volvieron sobre sus pasos a toda prisa, atravesaron el pueblo y ascendieron la colina escarpada. Bajo el arco de herradura de la puerta califal del castillo les esperaba el alquimista.

—¡Hemos encontrado el navío! —gritó Gustavo lleno de satisfacción y con la voz entrecortada por la fatiga—. Porque... esto es el navío, ¿verdad?

—Lo es —respondió el alquimista.

—Estuvimos a punto de no darnos cuenta —añadió Nuria, que tampoco podía disimular su alegría.

—Sois observadores e inteligentes, eso me gusta. Creo que sabréis apreciar y utilizar mi fórmula de la piedra filosofal.

—¿Nos la dirá ahora? —preguntó Miguel.

—No.

—¿Por qué?

—Tendréis que encontrarme en otro lugar.

Miguel, contrariado por la respuesta del alquimista, protestó airadamente:

—¡Oh, no! Usted está jugando con nosotros. Creo que nunca nos entregará esa fórmula.

—Será la última vez.

—¿Quiere decir que si le encontramos una vez más nos entregará esa fórmula? —preguntó Gustavo.

—Sí. Os revelaré el secreto.

—¿Y dónde tendremos que encontrarle ahora?

—En la Laguna Negra.

La última respuesta del alquimista dejó algo confusa a Nuria. Ahora ya no les planteaba ningún misterio, ningún enigma, simplemente les decía el lugar exacto donde podían encontrarle.

—¿Y por qué en la Laguna Negra? —preguntó.

—Allí terminará mi cometido.

—Pero la Laguna Negra está al norte de la provincia, en la sierra. Hay muchos kilómetros desde aquí. ¿Cómo iremos?

Nuria esperaba sin duda que, con sus artes mágicas, el alquimista les trasladase hasta allí. Pero esta vez aquel hombre misterioso, o lo que fuere, se limitó a darse la vuelta y comenzó alejarse despacio. Al tercer paso, había desaparecido por completo.

Los tres se quedaron de nuevo en silencio, sin saber muy bien cómo empezar a actuar. Porque lo que tenían muy claro era que, de una manera u otra, debían llegar a la Laguna Negra, a pesar de que se encontraban a unos cien kilómetros de distancia.

Estaban metidos en el juego, o en el laberinto. Y a pesar de las dificultades que habían tenido que pasar, había algo que los entusiasmaba, algo que no les permitía darse por vencidos. Sí, estaban muy lejos de la Laguna Negra, pero los tres estaban seguros de que, de un modo u otro, llegarían a ella.

—Bueno... Vámonos de aquí —reaccionó Miguel.

—¿Y qué haremos? —preguntó Gustavo.

—Iremos hasta el cruce e intentaremos que algún coche nos lleve hasta Burgo de Osma —respondió Nuria.

—Pero Burgo de Osma sigue estando lejos de la Laguna Negra.

—Sí, lo sé. Ya se nos ocurrirá alguna cosa.

—Tal vez haya algún coche de línea. Como no hemos gastado nada de dinero, podemos cogerlo.

—Sí, ésa puede ser una solución.

Miguel intervino resuelto:

—Sabéis lo que os digo: es mejor no pensar en nada y actuar en cada momento. Y en este momento lo que tenemos que hacer es largarnos de aquí.

Y la charla quedó cortada tajantemente.

Por segunda vez en aquella mañana, descendieron la colina, atravesaron el pueblecito de Gormaz y por la carretera estrecha dirigieron sus pasos hacia el cruce.

Una vez allí, se situaron en la cuneta, en fila india, con el pulgar de sus manos señalando suplicante en dirección a Burgo de Osma.

Desde ese lugar, la vista del castillo era magnífica, sobre todo en esos instantes, cuando el sol ya comenzaba a alumbrar con fuerza y el aire parecía más limpio, más transparente. Cada uno por su cuenta pensaba en aquella fortaleza, se imaginaba cómo debió ser en el pasado, cómo fueron las gentes que la habitaron, las batallas que en ella tuvieron lugar... Sin darse apenas cuenta, los tres recapacitaron sobre la importancia de aquellas piedras, viejas piedras, hoy casi abandonadas a su suerte.

Al cabo de media hora, Gustavo se quejaba amargamente:

—No parará nadie, ya lo veréis. Tendremos que ir andando hasta Burgo de Osma.

—No seas agorero —le reprochaba su hermana.

Al cabo de una hora se detuvo un coche de matrícula alemana. Viajaba en él una rubia y risueña pareja de mediana edad.

—«Vamoj a Buj-go de Oj-ma» —dijo la mujer en un difícilmente reconocible castellano.

—¡Estupendo! —exclamó Nuria—. Allí vamos nosotros precisamente.

Los tres se acomodaron en el asiento trasero del coche, que era amplio y cómodo.

El hombre se había quedado por un instante mirando el castillo y Gustavo sintió la necesidad de informarle un poco, aunque nada sabía de él:

—Es el castillo de Gormaz.

—«Goj-maj» —intentó repetir el hombre.

—¡Gormaz! —insistió Gustavo—. Es un castillo fantástico. ¡Menuda fortaleza! Perteneció a los moros;

claro, que luego debió de pertenecer a los cristianos... ¡La de batallas que debió de haber en ese castillo! ¡Batallas! ¿Sabe lo que significa batalla?

La pareja alemana sonreía bobaliconamente; sin duda no entendían nada de lo que Gustavo les estaba explicando.

—Déjalo, Gus —le advirtió su hermana.

En apenas un cuarto de hora llegaron a Burgo de Osma.

7

# La Laguna Negra

LOS alemanes les dejaron en una gasolinera de Burgo de Osma, donde debían repostar. Como si el destino de pronto se aliara con ellos, sin moverse del sitio, escucharon una conversación entre dos hombres que estaban junto a la cabina de un gran camión en marcha, aparentemente a punto de partir. Uno de aquellos hombres le decía al otro que se dirigía a la sierra de Urbión, a recoger árboles recién talados de una explotación forestal.

Aunque ni Nuria, ni Miguel, ni Gustavo conocían el sitio exacto donde se hallaba la Laguna Negra, los tres sabían que se encontraba en la sierra de Urbión, por lo que aquel camionero podía ser su salvación.

Los dos hombres se despidieron y el camionero se dispuso a subir a su camión. En ese momento fue abordado por los tres muchachos.

—¡Oiga! ¡Por favor! —le llamó Miguel.

—¿Es a mí?

—¿Va usted a la Laguna Negra?

—¿A la Laguna Negra? —se extrañó el camionero—. No exactamente. Voy cerca de allí. ¿Por qué lo preguntáis?

—Es que nosotros queremos ir a la Laguna Negra. ¿Podría usted llevarnos? —esta vez fue Nuria quien habló, poniendo una voz y un gesto suplicantes.

El camionero los miró de arriba abajo, arrugó el entrecejo y les preguntó:

—Y vuestros padres... ¿Lo saben? ¿Dónde están?

Entonces los tres, atropelladamente, empezaron a dar razones al camionero, con lo que sólo consiguieron hacerle desconfiar.

—No —sentenció el camionero—. No os llevo. Además, ya os he dicho que no voy a la Laguna Negra.

—Pero...

—¡Os he dicho que no!

El camionero se encaramó a la cabina de aquel camión y se acomodó en su asiento. Los tres muchachos le miraban desolados desde el asfalto de la gasolinera. El camión se puso en movimiento y se acercó hasta la carretera, donde un «stop» le obligó a detenerse un instante.

—¡Vamos! —gritó Miguel de pronto.

Y Nuria y Gustavo adivinaron sus intenciones. Corrieron hacia el camión por detrás y de un salto se introdujeron en la caja, que afortunadamente no llevaba trampilla. El empleado de la gasolinera trataba de explicar algo a los alemanes y no se percató de nada.

Mientras el camión circuló por Burgo de Osma, los tres permanecieron tumbados sobre la sucia madera de la caja del camión, para que nadie pudiera verlos y alertar al conductor. Sólo cuando estaban lejos del pueblo, en pleno campo, se atrevieron a levantarse y se sentaron más cómodamente, procurando no obstante que se les viese lo menos posible desde el exterior.

El camión circulaba muy lentamente, pues la carretera era mala y estrecha. Era el camino que ellos mismos habían hecho el día anterior, a pie, hasta el cañon del río Lobos. El camión se dirigía sin duda hacia San Leonardo, lo que significaba que pasaría por Ucero y, por consiguiente, por el río Lobos.

Cuando esto sucedió, ninguno de los tres pudo evitar acordarse de su tienda de campaña, a muy poca distancia de allí. Podían saltar del camión en una curva y olvidarse del alquimista y de la piedra filosofal para siempre. Pero por la mente de ninguno de ellos pasó semejante idea.

Con gran dificultad, llegando incluso a parar en alguna curva, el camión ascendió la retorcida cuesta de Galiana y, atravesando parajes de gran belleza, llegó hasta San Leonardo. Allí, en un bar de carretera, se detuvo.

Desde su escondite, los muchachos espiaron los movimientos del camionero y llegaron a la conclusión de que sólo había hecho un alto en el camino para comer.

—¡Comer!

De pronto, al mencionar esa palabra, sintieron una especie de estremecimiento en sus estómagos. ¡Comer! Estaban hambrientos. No habían probado bocado en casi veinticuatro horas.

Nuria y Gustavo se quedaron en el camión y Miguel descendió con cuidado. Se dirigió a un bar próximo, distinto al del camionero, y compró seis bocadillos —dos por cabeza— y una botella de agua. Con todo, regresó con precauciones y, cuando nadie transitaba por allí, volvió a subirse al camión de un ágil salto.

Su comida duró menos que la del camionero; por eso, una vez satisfechos, se tumbaron plácidamente. Y se hubiesen quedado dormidos de no ser por el rugido del motor cuando volvió a ser puesto en marcha.

El camión circulaba ahora por una carretera mejor, más ancha y bien asfaltada. El paisaje se había llenado de pinos, un mar de pinos que parecía no tener fin. Esto les hizo pensar que se estaban aproximando a la sierra.

Llegaron a Abejar, donde el camión se desvió a la izquierda, y luego a Vinuesa. Ahora ya no sólo les rodeaban pinos, sino también altas montañas. Tenían que estar cerca.

Decidieron permanecer asomados al exterior por los laterales, a pesar del riesgo de ser descubiertos, con el fin de ver si en la carretera había alguna señal indicadora. Y la decisión fue acertada, ya que al poco tiempo pudieron ver un desvío y un cartel que anunciaba su ansiada meta: «A la Laguna Negra.»

—¡Tenemos que bajarnos! —gritó Nuria.

—¿Cómo? —preguntó Gustavo preocupado.

—¡En una curva! Cuando aminore la velocidad el camión, saltamos.

Los tres se situaron en el extremo de la caja del camión, sentados en el borde de madera, con las piernas colgando al exterior. Cuando notaron que el camión reducía velocidad, sin pensárselo dos veces, saltaron.

—¡Ahora! —Miguel dio la señal.

Gustavo rodó hasta la cuneta y se incrustó literalmente entre unos arbustos que, afortunadamente para él, no tenían pinchos ni ramas duras que pudiesen arañarle. Miguel casi logró mantener el equilibrio y apenas cayó de culo en el último momento, y se levantó al instante. Nuria también rodó, pero por el asfalto de la carretera, y cuando logró levantarse se notó un codo magullado y el pie derecho le dolía al apoyarlo en el suelo.

Maltrechos, pero contentos, retrocedieron hasta el desvío a la Laguna Negra y se introdujeron por él. Aún les quedaba por delante una dura caminata por una empinada y angosta carretera.

Llegó un momento en que la carretera tenía un aspecto deplorable, con agujeros enormes que destrozarían los neumáticos de cualquier automóvil confiado. Aquello más bien parecía un camino con restos de asfalto. Y, en efecto, la carretera acabó finalmente convirtiéndose en camino, en un camino que se-

guía ascendiendo entre las peñas y los pinos. La Laguna Negra tenía que estar cerca.

— ¿Te duele? —preguntó Miguel a Nuria, al ver que cojeaba de una manera cada vez más patente.

—Sí.

—Podemos descansar un rato.

—No. Sería peor. Creo que si se me enfría no podré dar ni un paso más. Es mejor continuar.

—¿Quieres que te ayude? Puedes apoyarte en mí si quieres.

—Todavía resisto. Además, ya no puede faltar mucho. Al menos, eso espero.

Dejaron una fuente a la derecha y remontaron unas rocas.

Algo les decía que la laguna estaba muy cerca.

Y así era.

Silenciosa, reposada... apareció ante ellos la Laguna Negra, rodeada por una impresionante muralla de roca viva, que se alzaba como queriendo guardar en sus entrañas aquel remanso de paz.

El sol, ya en declive, se ocultaba entre las altas rocas que se alzaban frente a ellos, lo que producía un fuerte contraluz que ennegrecía la superficie del agua y que daba sentido a su nombre.

—¿Es verdad que esta laguna no tiene fondo y que por eso la llaman la Laguna Negra? —preguntó Gustavo, algo impresionado.

—Es sólo una leyenda —le explicó su hermana.

—¿Y las leyendas no son verdad?

—No tienen por qué serlo.

—Pero... ¿pueden serlo?

—Algunas están inspiradas en la realidad.

La última respuesta de Nuria dejó algo desasosegado a Gustavo. Al instante, desechó una idea que había pasado momentos antes por su cabeza. La idea era darse un baño en la laguna, una idea atractiva después de tan larga caminata y de los calores del día. Pero no, no le apetecía nada eso de meterse dentro de una laguna de la que se decía que no tenía fondo. Podía ser una leyenda, sí, era lo más probable; pero... ¿y si esa leyenda era precisamente de las que estaban inspiradas en la realidad?

Bordearon un poco la laguna, por una especie de estrecha vereda que zigzagueaba entre las rocas, mirando constantemente a todas partes, pues esperaban en cualquier instante encontrar al alquimista.

—Él dijo que estaría aquí —se quejó Gustavo—. ¿Por qué no aparece?

—No lo sé —le contestó Miguel.

—Yo creo que nos ha gastado una broma —continuó Gustavo—. Nos ha tomado el pelo. A última hora se ha arrepentido. Se lo ha pensado mejor y ha decidido no entregarnos la fórmula de la piedra filosofal. Así que ya no podremos fabricar oro.

Caminaban hacia uno de los extremos de la laguna,

el más suave, donde podían verse incluso entre las grandes rocas algunos claros, recubiertos de espesa y húmeda hierba.

En uno de esos claros, completamente inmóvil, casi como una estatua, les esperaba el alquimista. Pudieron verlo al salir de un pequeño recodo del camino. Esta vez no sonrió al verlos, ni siquiera dijo una sola palabra.

Fue Miguel el único en hablar.

—¡Lo hemos encontrado una vez más! —dijo.

# 8

## La piedra filosofal

PARECÍA que al alquimista le costaba mucho trabajo moverse. Nada más ver a los muchachos, comenzó a caminar, pero lo hacía como un autómata, como si fuese mitad humano, mitad estatua; o lo que es lo mismo, mitad de carne y hueso, mitad de piedra.

Les llevó hasta el lado más abrupto de la laguna, en el que casi desde el agua se alzaba impresionante un farallón vertical. Allí solicitó la ayuda de los muchachos para encaramarse a un peñasco, pues cada vez tenía más dificultades para moverse, como si poco a poco estuviese perdiendo elasticidad, vigor, fuerza... Los tres, al empujarle, notaron la dureza increíble de su cuerpo.

Sobre aquella elevación, el alquimista fijó su mirada en la laguna.

—¿Qué os parece? —habló al fin.

Y en ese instante los tres muchachos sintieron el impacto de aquel paisaje tan bello, que desde hacía unos cuantos minutos estaba ante su vista.

—¡Es maravilloso! —exclamó Nuria.

—Ya lo creo —continuó Miguel—. Es un sitio... no sé... único. Tendría que mantenerse siempre así.

El alquimista esbozó una sonrisa y sus ojos parecieron iluminarse con una chispa de brillo. Sin duda, acababa de escuchar algo que le agradaba.

—Vosotros mismos estáis a punto de descubrir la piedra filosofal —dijo

Los tres se miraron confundidos.

—¿Nosotros? —preguntó Gustavo.

Entonces el alquimista se irguió cuanto pudo dentro de sí y comenzó a hablar con lentitud y solemnidad. Sin duda alguna, había llegado el gran momento y el secreto de la piedra filosofal iba a ser descubierto al fin.

—Convertir la piedra en oro... —comenzó diciendo—. ¿Recordáis? ¡Cuántos hombres se entregaron en cuerpo y alma a este anhelo! Perdieron la vista, todos los sentidos y hasta la vida por descubrirlo. Y, sin embargo, era tan sencillo... ¡Piedra en oro! ¡Piedra!... ¡Oro!... El hombre tiene la facultad de conseguirlo. Una simple piedra, en las manos del hombre se convierte en oro, bastan para ello un cincel, un mazo, un sentimiento, una idea... ¿Acaso no son oro las piedras de San Juan de Duero, de Numancia, de la fortaleza de Gormaz...? ¿Acaso no son oro estas piedras que nos rodean? Son oro, sí, de un valor que vosotros no podéis siquiera imaginar. Los artistas, que no los alquimistas, descubrieron sin darse cuenta la piedra filosofal.

A continuación, el alquimista enmudeció. Una pareja de grandes águilas sobrevolaba majestuosa la laguna. El viento mecía suavemente las copas de los árboles.

Los tres muchachos estaban completamente ensimismados, ganados por las palabras del alquimista, reflexionando en torno a lo que acababa de decirles.

—Así que... el arte es la piedra filosofal —comentó al cabo de mucho tiempo Nuria.

—Y la naturaleza —añadió Miguel, mirando a su alrededor.

—Entonces... —remató Gustavo— la piedra filosofal son todas las piedras que transmiten belleza.

El alquimista sonrió satisfecho.

—Habéis comprendido. Ahora sólo es preciso que lo recordéis siempre.

Los tres sentían una emoción inexplicable. No les había defraudado la revelación del alquimista, a pesar de que esperaban sin duda alguna otra cosa. Pero había algo, una idea, un mensaje... que les parecía hermoso e importante.

El alquimista, con movimientos muy lentos, se quitó la cadena que colgaba de su cuello y que sujetaba ese medallón extraño que representaba una especie de laberinto. Se agachó ligeramente y se lo entregó a los muchachos.

—Tomad —les dijo—. Quiero que me recordéis, y que redordéis lo que os he dicho. Este medallón

os podrá devolver mi recuerdo dentro de mucho tiempo.

—Pero... —Gustavo de pronto recobró toda la curiosidad que había sentido en otros momentos—. ¿Usted quién es realmente?

—Realmente... —respondió el alquimista— no soy nada. Soy... una piedra. Recordad que una piedra puede adquirir formas muy distintas. Hay piedras que parecen incluso estar vivas.

—Pero usted está vivo.

—No estés seguro.

Y, al terminar de decir estas palabras, el alquimista quedó completamente inmóvil, como si una ráfaga de aquel viento le hubiese congelado de repente.

Y al instante, aquel cuerpo, o aquella estatua, se llenó de grietas y comenzó a desmoronarse ante los asombrados ojos de los muchachos. En unos segundos no quedó nada, sólo un montón de piedras diseminadas por el suelo, piedras que parecían haber estado allí siempre.

Nuria, Miguel y Gustavo miraron entonces el medallón, que sostenía la primera. Se mantenía intacto, igual que cuando se balanceaba sobre el pecho del alquimista. Iban a hacer algún comentario sobre eso, pero un par de sombras que cruzaron velozmente junto a ellos se lo impidieron. Las dos águilas volaban ahora muy bajo, casi sobre sus cabezas. Parecía como si estuviesen enfurecidas por algo y dispuestas a atacarles con sus afiladas garras y sus duros picos corvos. Tomaron un poco de altura y luego se lanzaron en picado.

—¡Nos atacan! —gritó Gustavo despavorido.

—¡Hacia los árboles! —gritó también Miguel—. Allí nos protegeremos.

Los tres iniciaron la carrera bordeando la laguna, saltando de piedra en piedra; pero en uno de esos saltos, la ya maltrecha pierna de Nuria se resintió, haciéndole perder el equilibrio. Por no soltar el medallón, no pudo sujetarse a ninguna parte y cayó al agua.

Inmediatamente, Miguel y Gustavo, olvidándose de las águilas, que ya revoloteaban a escasos metros, se lanzaron también a la laguna para socorrerla.

Debían de estar en un sitio profundo, pues no hacían pie.

—Estoy bien, estoy bien —repetía Nuria—. Salgamos de aquí.

Pero cuando se disponían a salir, sintieron una especie de remolino que los atrapaba, inmovilizándoles las piernas y tirando de ellos hacia abajo, hacia el fondo.

—¿Qué ocurre? —gritó Gustavo—. ¡No puedo salir!

—¡Yo tampoco! —dijo Miguel, peleándose a brazada limpia con el agua.

—¡Algo me arrastra! —gritó esta vez Nuria, sintiéndose impotente ante aquella fuerza extraña.

El remolino iba en aumento y ya envolvía sus cuerpos enteros, haciéndolos girar como peonzas. Inconscientemente, hicieron un último esfuerzo por estar juntos, por no separarse en un momento tan angustioso. Trataron de acercarse unos a otros, estirando sus brazos al máximo para agarrarse a algo. Y así, los tres quedaron asidos a la cadena de piedra del medallón del alquimista. Al instante, sintieron cómo se hundían a velocidad de vértigo. Se hundían y se hundían en las profundidades tenebrosas de la Laguna Negra.

Gustavo aún tuvo tiempo de pensar:

«La leyenda es cierta, esta laguna no tiene fondo.»

Luego, su pensamiento se trocó por un grito angustioso.

—¡¡¡Socorro!!!

La noche comenzaba a caer sobre la sierra de Urbión.

9

# El domingo

ENTRE sueños les había parecido oír voces conocidas, familiares..., voces que se acercaban poco a poco, que les llamaban por sus nombres; pero sólo cuando sintieron que alguien abría la cremallera de la puerta de lona de la tienda de campaña, se despertaron.

—¿Quién anda ahí? —preguntó Nuria aún medio dormida.

—Pero... ¿será posible? —dijo una de las voces familiares, una voz femenina y dulce—. ¡Las doce de la mañana y todavía durmiendo!

—¡Mamá! —gritó Gustavo al reconocer a su madre.

Los tres muchachos se desperezaron y salieron al exterior. Los padres de Nuria y Gustavo estaban allí, habían ido a recogerlos como planificaron. Eso quería decir que estaban ya a domingo. Pero... ¿qué había pasado? Ninguno de los tres se atrevía a decir nada de un alquimista que en realidad era una estatua de piedra; de la fortaleza de Gormaz, de Numancia, de la Laguna Negra... Cada uno pensaba para sí que lo había soñado, que sólo se había tratado de una larga pesadilla que en algunos momentos parecía tan real como la vida misma. Y si todo era un sueño... ¿qué habían hecho durante el fin de semana? Ninguno lo recordaba.

—¿Qué tal lo habéis pasado? —preguntó de pronto el padre.

—Bien —respondieron los tres a coro, mecánicamente.

—Yo pensaba hacer una marcha por el cañón del río Lobos hasta la hora de comer. ¿Qué os parece?

¡El cañón del río Lobos! Sí, allí estaban. Era lo lógico y natural. Claro, allí habían llegado el viernes por la tarde con idea de pasar el fin de semana y, sin duda, de una forma que no podían recordar, lo habían pasado.

Entonces, ocurrió algo decisivo.

Nuria dio unos pasos cortos, se sentó sobre una piedra y comenzó a frotarse una de sus piernas.

—Creo que yo no podré acompañaros a esa marcha —dijo—. Me duele el tobillo.

Miguel y Gustavo se quedaron boquiabiertos, mirándola. El padre se acercó a examinarle la pierna.

—Sí, sí... —dijo—. Tienes rasguños y una buena hinchazón en el tobillo. ¿Te has dado un golpe?

—Me caí... —respondió Nuria un poco confusa.

Cuando su padre se alejó Miguel y Gustavo se acercaron a ella: estaban ansiosos por comprobar si sus suposiciones eran ciertas.

—Ese golpe te lo diste al saltar del camión, ¿verdad? —preguntó Gustavo.

Nuria los miró a los dos, llena de sorpresa.

—Entonces... ¿no ha sido un sueño?

—Creo que no —dijo Miguel—. El alquimista, la piedra filosofal... Hay una forma de saberlo. ¿Recordáis el medallón? Tiene que estar en alguna parte.

Sin perder un instante, movidos por la misma idea, los tres fueron hasta la tienda de campaña y comenzaron a rebuscar por todas partes. Y allí, bajo uno de los colchones de gomaespuma, encontraron el medallón.

—¡Aquí está! —gritó Nuria.

—¡No ha sido un sueño! ¡No ha sido un sueño! —Gustavo estaba loco de contento.

Los tres permanecieron un instante mirando aquel medallón.

—¿Creéis que debemos revelar a los demás el secreto de la piedra filosofal? —preguntó Miguel.

—Sí, creo que sí —respondió Nuria—. Tengo la impresión de que eso es lo que pretendía el alquimista.

—¡Estupendo! —exclamó Gustavo—. Se lo contaré a todos mis compañeros del cole, a todos mis amigos, a los profes, a los vecinos, a... a...

De pronto, la cabeza del padre asomó por entre la lona de la tienda de campaña.

—¿Qué os parece la idea de darnos un remojón en

el río? —dijo—. ¡Eh! ¿Qué es eso? ¿Qué guardáis ahí con tanto misterio?

Gustavo mostró el medallón a su padre.

—Es... es... —titubeó—. ¡La piedra filosofal!

—¿La piedra filosofal? —se extrañó el padre.

Salieron todos al exterior y Gustavo, cogiendo a su padre de la mano, se lo llevó camino adelante.

—Verás, papá, es una larga historia. Todo empezó el viernes, cuando yo decidí asomarme a una cueva que está ahí detrás y...

Gustavo había decidido revelar el secreto de la piedra filosofal. ¿A quién mejor que a su propio padre para comenzar?

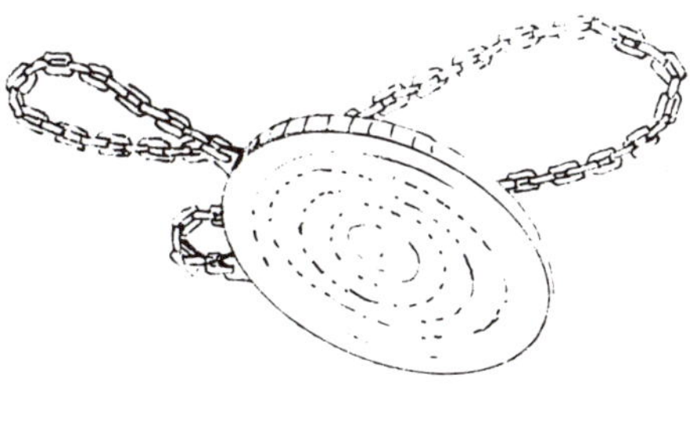

# *Taller*
# **de lectura**

# El laberinto de piedra

El texto que has leído es una narración en nueve partes, ya lo has observado. El autor lo presenta con unas palabras de Bécquer:

*«Yo no sé si esto es una historia que parece cuento o un cuento que parece historia.»*

## 1. Opinión

1.1. Tú qué opinas: ¿es un cuento o una historia esta narración?

¿Por qué? ..........................................................................

..........................................................................

..........................................................................

1.2. Narra una historia que te guste mucho.

1.3. Nombra cuentos que conoces y consideras interesantes. Escribe sus títulos.

..........................................................................

..........................................................................

..........................................................................

1.4. Gustavo Adolfo Bécquer es un escritor español, sevillano (1836-1870).

¿Conoces algunas obras suyas? ....................................

.....................................................................................

Aprende esta rima.

*«Por una mirada, un mundo;*
*por una sonrisa, un cielo;*
*por un beso... ¡yo no sé*
*qué te diera por un beso!»*

¿Has leído alguna de sus *Leyendas?* Inténtalo, ánimo.

1.5. Escribe una tarjeta postal al autor del libro, diciéndole qué te ha parecido su obra. Haz aquí el borrador.

.....................................................................................

.....................................................................................

.....................................................................................

.....................................................................................

Puedes mandársela a la EDITORIAL BRUÑO, calle Maestro Alonso, 21. 28028 Madrid.

## 2. Sitúa la obra

2.1. Apunta el nombre de los protagonistas y señala algún detalle que caracterice a cada uno.

..........................................................................................

..........................................................................................

..........................................................................................

2.2. Explica el marco, el lugar en el que se inicia la obra. Para ello recoge detalles del capítulo primero.

..........................................................................................

..........................................................................................

..........................................................................................

2.3. Comenta otros lugares a los que también hace referencia este capítulo.

..........................................................................................

..........................................................................................

..........................................................................................

2.4. Dibuja un calendario que refleje la época en la que tiene lugar la excursión de los protagonistas. Explica cuál es.

..........................................................................................

..........................................................................................

## 3. Detalles

3.1. Lee de nuevo el comienzo de la novela y fíjate en las primeras palabras.

*«Coronaron una pequeña elevación de terreno.»*

Recoge del diccionario los significados, las acepciones, del verbo coronar.

..............................................................................................

..............................................................................................

..............................................................................................

3.2. Enumera, según tu experiencia, las tres cosas más importantes de una excursión.

..............................................................................................

..............................................................................................

3.3. ¿Crees que es fundamental poner la tienda de campaña cerca del río? ¿Por qué? ..............................

..............................................................................................

3.4. Comenta las características que tiene el lugar que descubre Gus para montar la tienda de campaña.

..............................................................................................

..............................................................................................

## 4. Cobijo

4.1. Explica cómo se monta una tienda de campaña.

...........................................................................................

...........................................................................................

¿Lo has hecho alguna vez? ...................................................

4.2. Hay distintas clases de tiendas de campaña. Comenta en qué se diferencian.

...........................................................................................

4.3. Según los datos que presenta el texto, apunta quién es más mañoso para montar la tienda entre nuestros protagonistas. Justifica la respuesta.

...........................................................................................

...........................................................................................

## 5. Rutas

5.1. Dibuja un mapa de la provincia de Soria y señala en él la ruta que hacen nuestros protagonistas en este primer capítulo.

5.2. Haz un plano de la ruta que has realizado en alguna ocasión y que te ha gustado más o de la que te encantaría realizar. Primero escríbelo.

## 6. Contratiempos

6.1. Gus es el pequeño del grupo, pero le molesta que se lo recuerden.

¿Cómo le llama Miguel? ..........................................

¿Cómo reacciona Gus? ..........................................

..........................................................................................

6.2. Comenta qué le pasa a Gus hacia el final del primer capítulo. Explica por qué da un grito.

..........................................................................................

6.3. Miguel se dirige a Gus y le pregunta si ha visto un fantasma. Cuando se lo dice, emplea un tono:

— burlón,
— se lo dice enfadado,
— se lo pregunta admirado,
— él también ha visto al fantasma.

Subraya lo correcto.

6.4. Gus invita a Nuria y a Miguel a que entren en la cueva, pero Miguel lo pospone. ¿Por qué?

..........................................................................................

¿Crees que son adecuados la forma, el tono y la razón que da Miguel para retrasarlo? Coméntalo.

..........................................................................................

## 7. Convivencia

7.1. Explica qué es para ti convivir con otras personas. Matiza qué supone.

...................................................................................

...................................................................................

...................................................................................

7.2. Comenta qué piensa Gus de esos días que tiene que pasar con su hermana y con Miguel.

...................................................................................

...................................................................................

...................................................................................

7.3. El hecho de ser Gus cuatro años más joven que Miguel y que Nuria le hace lamentar no estar con sus ..........................................................., ya que ellos son de su misma edad.

¿Es realmente imprescindible estar con personas de la misma edad para pasarlo bien? ¿Por qué?

...................................................................................

...................................................................................

...................................................................................

...................................................................................

## 8. Juegos de palabras

**8.1.** A veces hay palabras que significan prácticamente lo mismo, son sinónimas. Ejemplo: incorporarse, levantarse. Escribe más.

..............................................................................................

..............................................................................................

**8.2.** Otras veces tenemos palabras que significan lo contrario, son antónimas. En el texto leemos *rollo;* ¿crees que su antónimo puede ser *divertido?* ¿Por qué? ..................................................................................

Escribe los antónimos de:

| | |
|---|---|
| Seco .......................... | Entrar .............................. |
| Volver ........................ | Comenzar ....................... |
| Tonto ......................... | Reír ................................. |
| Cerca ......................... | Parar ............................... |
| Agacharse ................ | Callar .............................. |
| Encender .................. | Ruido ............................... |

**8.3.** Transforma las siguientes palabras en aumentativos.

Ejemplo: medalla... medallón.

| | |
|---|---|
| Boca .......................... | Casa ................................ |
| Golpe ........................ | Ojo .................................. |
| Silla ........................... | Mano ............................... |

## 9. Explorar

9.1. Gus recuerda a sus amigos que tienen que explorar la cueva. Enumera las cosas más importantes que suceden en la exploración.

.............................................................................................

.............................................................................................

.............................................................................................

9.2. ¿Qué sorprende a nuestros protagonistas al explorar la pared con la linterna? Coméntalo y acompaña tus palabras con un dibujo. ..............................

.............................................................................................

.............................................................................................

.............................................................................................

.............................................................................................

9.3. Explora con ojo y lupa de detective y escribe las palabras de Nuria que indican que no pueden continuar adentrándose en la cueva. Complétalas con la opinión de los demás.

.............................................................................................

.............................................................................................

.............................................................................................

9.4. Si tú y tus amigos vivierais una situación semejante a la de nuestros protagonistas, ¿cuál sería tu consejo para el grupo?, ¿cómo actuarías? ..................

..........................................................................................

..........................................................................................

..........................................................................................

9.5. Explora y descubre con minuciosidad detalles que Gus quisiera saber para conocer mejor a Miguel. Apúntalos.

..........................................................................................

..........................................................................................

¿Cuál es la razón fundamental por la que Gus quiere conocer mejor a Miguel? ..........................................

..........................................................................................

9.6. Explica qué significa para Gus estar juntos en momentos de peligro.

..........................................................................................

..........................................................................................

¿Y para ti? ..........................................................................

..........................................................................................

..........................................................................................

## 10. Impresiones

10.1. Cuenta la impresión que causa en los protagonistas el descubrimiento del medallón de la persona esculpida en la roca viva.

..........................................................................................

10.2. Atención. Algo hace cambiar a Nuria, a Miguel y a Gustavo. Algo les fascina y transforma el miedo y el nerviosismo en asombro. Explica las razones que nos proporciona el autor, a través del texto, para ese cambio.

..........................................................................................

..........................................................................................

10.3. La voz que resuena en la cueva y exclama *¡Alto!* heló la sangre y congeló el aliento de los tres chicos. Supón que tú eres uno de ellos. ¿Cómo reaccionarías?

..........................................................................................

10.4. ¿Realmente la figura de piedra se mueve, se hace humana o se lo imaginan ellos? Aporta argumentos para defender ambas posibilidades.

..........................................................................................

..........................................................................................

10.5. Comenta lo que has vivido en alguna ocasión y te ha causado miedo.

## 11. Tiempo

11.1. El texto dice que nuestros protagonistas perdieron la noción del tiempo. Aporta argumentos que lo demuestren.

..........................................................................................

..........................................................................................

..........................................................................................

11.2. Explica durante qué tiempo tienen lugar los sueños de Gus, Nuria y Miguel.

..........................................................................................

..........................................................................................

¿Qué diferencia hay entre soñar dormido y soñar despierto?

..........................................................................................

..........................................................................................

11.3. Ante el titubeo de los jóvenes de si es sueño o realidad lo que ven, ¿qué les sirve de respuesta? ¿Tú qué opinas?

..........................................................................................

..........................................................................................

..........................................................................................

**11.4.** Nuria precisa, aclara, el tiempo en que vivió el extraño personaje. Primero lo intuye. Luego se lo confirma él mismo.

a) Escribe a qué se dedicaba el extraño personaje.

.............................................................................................

b) En qué época vivió.

.............................................................................................

**11.5.** ¿Crees que son importantes estas palabras del alquimista?

*«—El arte persigue siempre una misma cosa: expresar al hombre en su totalidad, desde su vida más cotidiana hasta sus sueños imposibles.»*

Razona por qué en tu cuaderno.

**11.6.** ¿Qué les encomienda el extraño personaje a los chicos? ¿Por qué les elige a ellos?

.............................................................................................

.............................................................................................

**11.7.** Explica qué parecido o diferencia hay entre deshacer el hechizo y romper la magia.

.............................................................................................

.............................................................................................

## 12. Por la Edad Media

**12.1.** Escribe qué significa:

— *El elixir de la vida.*
— *La piedra filosofal.*

..........................................................................................

..........................................................................................

**12.2.** Subraya los nombres de personajes que pertenecieron a la Edad Media.

El Cid, La reina Sofía de España, Carlomagno, Cristóbal Colón, Alfonso X el Sabio, Goya.

**12.3.** Lee con lupa las siguientes frases y escribe en la última línea el número de cada una de las que sucedieron en la Edad Media.

1. Alfonso X el Sabio se preocupó de la cultura de su tiempo.
2. Roldán es el héroe de una canción de gesta francesa.
3. Felipe de Borbón es el hijo varón de los actuales Reyes de España.
4. La reconquista tuvo lugar en la península Ibérica.
5. Barcelona, sede de los juegos olímpicos.
6. Don Pelayo se puso al frente de los cristianos.

Sucedieron en la Edad Media: ....................................

## 13. Decisión

**13.1.** Nuestros protagonistas tienen que decidir el camino que les conviene tomar desde San Juan de Duero para seguir su viaje. ¿Tú qué les recomendarías?

..........................................................................................

..........................................................................................

**13.2.** Escribe con letras mayúsculas el objetivo que tienen nuestros chicos por encargo del extraño personaje.

..........................................................................................

..........................................................................................

**13.3.** Miguel cree que lo que deben hacer es buscar a la policía. Si tú estuvieras en su lugar, ¿qué harías?

..........................................................................................

..........................................................................................

**13.4.** Explica alguna decisión importante que has tenido que tomar en alguna ocasión, o que ha tenido que tomar alguna persona amiga tuya.

..........................................................................................

..........................................................................................

..........................................................................................

## 14. Escritor

**14.1.** Escribe en tu cuaderno una redacción corta cuyo título sea: *Soria.*

**14.2.** Comenta estos versos de Antonio Machado.

*«Es la tierra de Soria árida y fría.*
*Por las colinas y las tierras calvas,*
*verdes pradillos, cerros cenicientos,*
*la primavera pasa*
*dejando entre las hierbas olorosas*
*sus diminutas margaritas blancas.»*

..........................................................................................

..........................................................................................

..........................................................................................

**14.3.** Transforma en narración este fragmento también de Machado.

*«Allá, en las tierras altas,*
*por donde traza el Duero*
*su curva de ballesta*
*en torno a Soria, entre plomizos cerros*
*y manchas de raídos encinares,*
*mi corazón está vagando, en sueños...»*

..........................................................................................

..........................................................................................

..........................................................................................

**14.4.** Explica qué te sugiere este párrafo del texto.

*«Aunque no podían ver el sol, por la angostura de la calle por la que transitaban, se le adivinaba ya bajo, al galope hacia el crepúsculo.»*

.........................................................................................

.........................................................................................

.........................................................................................

**14.5.** Escribe frases o palabras que pronunciamos ante la emoción de un hallazgo.

Ejemplo: ¡Eureka! ¡Ya!

.........................................................................................

.........................................................................................

**14.6.** Comenta aquello que has visto y te ha impresionado más en tu vida.

.........................................................................................

.........................................................................................

.........................................................................................

.........................................................................................

.........................................................................................

.........................................................................................

**14.7.** Escribe qué prodigio sucede, según cuenta el autor, en el capítulo cuarto en la fachada románica de la iglesia de Santo Domingo.

.................................................................................

.................................................................................

**14.8.** Nuria es una chica sensata. Así la presenta el autor a lo largo de la obra. Explica qué es la sensatez.

.................................................................................

.................................................................................

**14.9.** Resume la tarea que encomienda el alquimista a nuestros protagonistas.

.................................................................................

.................................................................................

**14.10.** Averigua y cuenta qué pasó en Numancia en tiempo de los romanos.

.................................................................................

.................................................................................

**14.11.** Subraya tres conceptos que valores especialmente entre los que se sugieren en el capítulo cuatro.

| | | |
|---|---|---|
| Libertad | Sensatez | Independencia |
| Superioridad | Reflexión | Esclavitud |
| Valentía | Constancia | |

## 15. Poeta

**15.1.** Elige entre los sugeridos a continuación un fragmento del capítulo quinto que te parezca especialmente poético.

— *«Encontraron las ruinas de lo que fue la ciudad de Numancia sobre una colina amplia y suave.»*
— *«Podían distinguir las luces de la ciudad ya casi dormida.»*
— *«Descubrieron que unas nubes que se movían hacia el este con rapidez habían dejado al descubierto una luna llena, pletórica y radiante.»*

**15.2.** Escribe un poema, aunque sea muy breve, que hable de una noche mágica con luna llena.

.....................................................................................

.....................................................................................

.....................................................................................

**15.3.** Averigua qué es una paradoja y descubre si lo es esta idea:

*«Se escuchaba el silencio.»*

.....................................................................................

**15.4.** Comenta con palabras bonitas qué es para ti la curiosidad.

.....................................................................................

**15.5.** Decir que un imán atrae el hierro es hablar en sentido real, pero también se puede hablar en sentido figurado. Ejemplo:

*«Ellos se sentían atraídos por un extraño e irresistible magnetismo.»*

Subraya entre las frases siguientes las que están en sentido figurado.

— Caminar sobre ascuas.
— Beber horchata.
— Echar una cana al aire.
— Comer queso.
— Hablar por los codos.

**15.6.** Otro recurso es la comparación. El autor la establece en este caso con la palabra *como:*

*«Era una niebla baja que parecía arrastrarse por el suelo como un reptil.»*

Escribe otras comparaciones.

..........................................................................................

**15.7.** Las palabras del alquimista son:

*«—Nadie puede hacer nada por cambiar lo que ya ha sucedido.»*

Pero si eso fuera posible y tú pudieras, ¿qué cambiarías?

..........................................................................................

## 16. Paisaje

**16.1.** Relee el principio del capítulo seis y trata de describir un ambiente de naturaleza, pero en otro paraje distinto.

..........................................................................................

..........................................................................................

..........................................................................................

..........................................................................................

**16.2.** Comenta en qué otra provincia te gustaría que sucediera algo parecido a lo que el autor narra y sitúa en Soria. Describe el paisaje al que te refieres.

..........................................................................................

..........................................................................................

..........................................................................................

..........................................................................................

..........................................................................................

..........................................................................................

..........................................................................................

**16.3.** Dibuja una fortaleza con forma de navío en un extraño marco natural. Echa mano de tu imaginación y de tu arte.

## 17. Desaparición

**17.1.** El alquimista aparece y desaparece. ¿Te gustaría tener esa posibilidad? Cuéntalo.

..........................................................................................

..........................................................................................

**17.2.** Explica dónde te gustaría aparecer si eso estuviera en tu mano.

..........................................................................................

**17.3.** Comenta qué tienen que hacer Nuria, Miguel y Gus para llegar a Burgo de Osma.

..........................................................................................

..........................................................................................

¿Cómo lo resolverías tú? ............................................

..........................................................................................

**17.4.** De repente aparece un coche con dos viajeros. Explica quiénes son, cómo hablan y cualquier otro detalle que te parezca interesante.

..........................................................................................

..........................................................................................

Cuando desaparecen, ¿hacia dónde van? ..................

..........................................................................................

## 18. Las palabras

**18.1.** Sustituye las expresiones o palabras siguientes por otras equivalentes.

— Repostar ..........................................................................

— Destino ............................................................................

— Hacer un alto ...................................................................

— Talar ................................................................................

— Encaramar .......................................................................

— Dar razones .....................................................................

— Un «stop» .........................................................................

**18.2.** Los nombres de lugar se llaman topónimos. Recoge todos los que encuentres en este capítulo. Por ejemplo: Burgo de Osma.

..........................................................................................

..........................................................................................

**18.3.** Observa y apunta palabras y frases curiosas de este capítulo. Ejemplo: *«Un mar de pinos», «Sintieron una especie de estremecimiento en sus estómagos».*

Sigue.

..........................................................................................

..........................................................................................

**18.4.** A veces unimos dos palabras y tenemos una palabra compuesta. Recuerda: maltrechos, automóvil, gasóleo. Añade más.

..................................................................................

..................................................................................

**18.5.** Nuria, Miguel y Gustavo hablan de la leyenda que hay acerca de la Laguna Negra. Ya habrás descubierto en el texto de qué se trata. Resúmela.

..................................................................................

..................................................................................

**18.6.** Escribe una leyenda que conozcas.

..................................................................................

..................................................................................

..................................................................................

**18.7.** A veces una palabra genera otras que derivan de ella. Por ejemplo: zigzag-zigzaguear; alquimia-alquimista. Continúa.

— Calor ..........................................................................

— Filosofía ....................................................................

— Lago ...........................................................................

— Camino .......................................................................

## 19. Experiencias

19.1. Nuestros protagonistas podrán contar cosas muy interesantes vividas durante este viaje. Tú las conoces a través de la lectura. ¿Cuál te parece de más interés? Explícalo.

..........................................................................................

..........................................................................................

19.2. Comenta la experiencia más interesante que has vivido durante tu vida, sea del tipo que sea.

..........................................................................................

..........................................................................................

..........................................................................................

19.3. Ahora saltamos al plano de la imaginación. Elige entre las siguientes experiencias posibles las tres que más te atraen.

— Conocer otro planeta.
— Ser torero.
— Ser médico y ayudar a los enfermos.
— Luchar contra la droga.
— Realizar un viaje en barco a otro continente.
— Dirigir una orquesta.
— Pilotar un avión.

Puedes añadir alguna más: ..........................................

..........................................................................................

## 20. Contrastes

**20.1.** El capítulo octavo empieza hablando del alquimista y dice que *«caminaba como un autómata, mitad de carne, humano, mitad de piedra, estatua»*. El alquimista, según esta descripción, es un contraste. Escribe otros contrastes. Ejemplo: noche-día.

.............................................................................................

**20.2.** Comenta las siguientes palabras. Explica qué es cada una, su significado.

— Farallón .............................................................................

— Alquimista ..........................................................................

— Autómata ...........................................................................

— Cincel ................................................................................

Escribe una frase con alguna de estas palabras.

.............................................................................................

Escribe otra que contraste con la anterior.

.............................................................................................

**20.3.** ¿Crees que es un contraste que una simple piedra en manos de un artista se convierta en oro? Indícalo.

.............................................................................................

.............................................................................................

## 21. Mensajes

**21.1.** Recoge el mensaje que aprenden nuestros protagonistas. Resúmelo.

..........................................................................................

**21.2.** Comenta las palabras de Gustavo:

*«—La piedra filosofal son todas las piedras que transmiten belleza.»*

..........................................................................................

**21.3.** Envía un mensaje breve a través de un laberinto. Para ello dibuja el laberinto con muchos y confusos pasadizos, coloca el mensaje en un extremo y a quien lo busca en el otro extremo.

**21.4.** En este capítulo hay una referencia al vuelo señorial del águila. Recapacita, interpreta y explica qué mensaje puede transmitir a los hombres dicho vuelo.

..........................................................................................

..........................................................................................

**21.5.** SOS es la sigla que equivale a socorro. Gustavo, al final del capítulo grita *¡Socorro!* Actualmente empleamos muchas siglas.

Descubre y escribe otras.

..........................................................................................

## 22. Realidad

**22.1.** Imagina que vas con nuestros protagonistas por el cañón del río Lobos. Lo has leído en el texto. Ahora intenta explicar tus impresiones.

..............................................................................................

..............................................................................................

**22.2.** Miguel, Gus, tú y yo descubrimos que a Nuria le duele la pierna. ¿Qué nos sugiere, qué nos hace pensar? Coméntalo.

..............................................................................................

..............................................................................................

**22.3.** ¿Conoces el personaje Hamlet? Shakespeare, su creador, escribió una obra de teatro cuyo título, *Hamlet*, coincide con el nombre del protagonista. Éste pronuncia una frase para la historia: *«Ser o no ser.»*

Aquí habría que decir algo parecido: *«¿Sueño o no sueño?»*

¿Qué te parece a ti? Señala tus argumentos.

..............................................................................................

**22.4.** Indica cuál es la prueba definitiva para resolver el interrogante. ¿Sueño o no sueño?

..............................................................................................

## 23. Secretos

23.1. Nuestros protagonistas tienen su secreto. Gus decide contárselo a su padre; él empieza, pero vas a ser tú quien revele lo que ha sucedido durante el fin de semana. Nárralo con pocas palabras.

.............................................................................................

.............................................................................................

.............................................................................................

.............................................................................................

23.2. Explica el secreto más interesante que has descubierto a lo largo de toda la obra.

.............................................................................................

23.3. Hay personas con determinadas profesiones que tienen que guardar secreto, silencio, de aquello que les han dicho o han descubierto. Cita algunas.

.............................................................................................

.............................................................................................

¿Crees que es fácil o difícil guardar el secreto profesional? ¿Por qué?

.............................................................................................

.............................................................................................

## 24. Punto final

24.1. Organiza con tus compañeros la representación de una escena ofrecida por el autor a lo largo del libro.

Indica cuál es la seleccionada y cómo la podéis llevar a cabo.

..............................................................................................

..............................................................................................

..............................................................................................

..............................................................................................

..............................................................................................

24.2. Comenta con cuál de los tres protagonistas te sientes más a gusto y explica por qué.

..............................................................................................

..............................................................................................

..............................................................................................

24.3. Para celebrar el final de la obra y de este taller busca tres frases que resuman el libro y constituyan el broche de oro.

..............................................................................................

..............................................................................................

..............................................................................................

# Índice

## **Series** *de la colección* alta mar

*Aventuras*

*Ciencia Ficción*

*Cuentos*

*Humor*

*Misterio*

*Novela Histórica*

*Novela Realista*

*Poesía*

*Teatro*

## Títulos publicados

1. *Carmen CONDE.* **Despertar** (P)
2. *Montserrat del AMO.* **El abrazo del Nilo** (A)
3. *Fernando ALMENA.* **Los pieles rojas no quieren hacer el indio** (T)
4. *Ángela C. IONESCU.* **«Déjame solo, Joe»** (C)
5. *Gianni PADOAN.* **Concierto de libertad** (NH)
6. *Juan FARIAS.* **Los apuros de un dibujante de historietas** (H)
7. *Carlos MURCIANO.* **La rana mundana** (P)
8. *Juan MUÑOZ.* **Las tres piedras y otros cuentos** (C)
9. *Juana Aurora MAYORAL.* **La cueva de la Luna** (CF)
10. *Sauro MARIANELLI.* **Una historia en la Historia** (NH)
11. *Pilar MOLINA LLORENTE.* **Aura gris** (NH)
12. *Jean GUILLORÉ.* **El viaje de Nicolás** (A)
13. *Samuel BOLÍN.* **Los casos del comisario Antonino** (M)
14. *Ronimund H. VON BISSING.* **La Tierra del Oro Ardiente** (A)
15. *Elvira MENÉNDEZ.* **La máquina maravillosa** (CF)
16. *Jules ROMAINS.* **Knock o El triunfo de la medicina** (T)
17. *Fernando ALMENA.* **Marcelo Crecepelos** (H)
18. *Juan MUÑOZ.* **El feo, el bobo y el malo** (C)
19. *Blanca GARCÍA-VALDECASAS.* **Los chicos de La Maraña** (A)
20. *Gloria FUERTES.* **La poesía no es un cuento** (P)
21. *Juana Aurora MAYORAL.* **Enigma en el Curi-Cancha** (NH)
22. *Alan C. McLEAN.* **El fantasma del valle** (A)
23. *Fernando G. TEJADA.* **Noche de luna con gatos** (T)
24. *Emilio SANJUÁN.* **Simón, Simón** (H)
25. *Jacques FUTRELLE.* **La Máquina Pensante** (M)
26. *José Luis VELASCO.* **El Océano Galáctico** (CF)
27. *Gabriel JANER MANILA.* **Cuentos para los que duermen con un ojo abierto** (C)
28. *Manfred LIMMROTH.* **El pequeño Otto ha desaparecido** (H)
29. *Hilda PERERA.* **Mumú** (A)
30. *Alfredo GÓMEZ CERDÁ.* **Luisón** (C)
31. *Christopher KNOCK.* **Edgar Wallace y el caso Software** (M)
32. *Antonio-Manuel FABREGAT.* **Los cuentos de mi escuela** (C)
33. *Fernando LALANA.* **Edelmiro II y el dragón Gutiérrez** (T)
34. *Avelino HERNÁNDEZ.* **1943** (NH)
35. *François GOUDET.* **Marieta y los vikingos** (M)
36. *Braulio LLAMERO.* **El inspector Tigrili** (H)
37. *Miguel Ángel MENDO.* **Vacaciones en la cocina** (C)
38. *Ángela C. IONESCU.* **El país de las cosas perdidas** (C)
39. *Concha LÓPEZ NARVÁEZ.* **El tiempo y la promesa** (NH)
40. *Mathias DUNANT.* **El monstruo de Jarama** (CF)
41. *Fernando LALANA y J. M.ª ALMÁRCEGUI.* **La bomba** (H)
42. *José Francisco VISO.* **Don Caracol Detective** (M)
43. *Fernando ALMENA.* **El cisne negro** (T)

44. *Hazel TOWNSON.* **Los embrollos de Beny** (H)
45. *Alfredo GÓMEZ CERDÁ.* **El laberinto de piedra** (A)
46. *Ángela C. IONESCU.* **Los amigos** (M)
47. *G. BEYERLEIN y H. LORENZ.* **El sol no se detiene** (NH)
48. *Lucila MATAIX.* **El calcetín del revés** (C)
49. *Montserrat del AMO.* **¡Siempre toca!** (T)
50. *F. ALMENA, M. del AMO, J. FARIAS, J. M. GISBERT, A. GÓMEZ CERDÁ, G. JANER MANILA, C. KURTZ, F. LALANA, C. LÓPEZ NARVÁEZ, J. A. MAYORAL, P. MOLINA LLORENTE, J. MUÑOZ, C. MURCIANO, J. L. OLAIZOLA y M. PUNCEL.* **Compañero de sueños** (C)
51. *Enrique PÁEZ.* **Devuélveme el anillo, pelo cepillo** (M)
52. *José GONZÁLEZ TORICES.* **Tengo mucho cuento** (C)
53. *Juana Aurora MAYORAL.* **Lirios de agua para una diosa** (NH)
54. *Esteban BUÑUEL.* **Quiero ser astronauta** (P)
55. *Raúl JIMÉNEZ.* **Aldurabahim** (A)
56. *Carlos MURCIANO.* **Las amapolas se han vuelto blancas de repente** (CF)
57. *Samuel BOLÍN.* **Nuevos casos del comisario Antonino** (M)
58. *Juan MUÑOZ.* **Ciprianus, gladiador romanus** (H)
59. *Achim BRÖGER.* **Mi 24 de diciembre** (H)
60. *Michel VINAVER.* **Las travesuras de Rosalía** (A)
61. *Fernando ALMENA.* **El pavo Facundo** (H)
62. *Concha LÓPEZ NARVÁEZ y Carmelo SALMERÓN.* **El parasubidas** (A)
63. *Francisco DÍAZ GUERRA.* **El alfabeto de las 221 puertas** (A)
64. *Eduardo GALÁN.* **La silla voladora** (T)
65. *Alfredo GÓMEZ CERDÁ.* **La gota de lluvia** (C)
66. *Elvira MENÉNDEZ.* **Ése no es mi zoo** (H)
67. *Manuel L. ALONSO.* **Los aventureros** (A)
68. *Braulio LLAMERO.* **El rey Simplón** (H)
69. *Fernando ALMENA.* **El misterio indescifrable** (CF)
70. *M. Dolors ALIBÉS.* **Superfantasmas en un supermercado** (H)
71. *Ana María ROMERO YEBRA.* **La vaca de Dosinda** (P)
72. *Carmen VÁZQUEZ VIGO.* **¡Cumpleaños feliz!** (C)
73. *Mercè COMPANY.* **Los dientes del león** (A)
74. *Hansjörg MARTIN.* **No hay sitio para Tarzán** (H)
75. *Juana Aurora MAYORAL.* **Tres monedas de un penique** (M)
76. *Juan MUÑOZ.* **El diplodoco Carioco** (H)
77. *Consuelo ARMIJO.* **Guiñapo y Pelaplátanos** (T)
78. *Montserrat del AMO.* **Patio de corredor** (NR)
79. *Enrique PÁEZ.* **El Club del Camaleón** (M)
80. *Joan Manuel GISBERT.* **El enigma de la muchacha dormida** (A)
81. *Juan FARIAS.* **La infancia de Martín Piñeiro** (NR)
82. *Charles VILDRAC.* **Las gafas del león** (C)
83. *Javier REQUERO.* **El Príncipe Negro** (A)
84. *Concha LÓPEZ NARVÁEZ.* **La tejedora de la muerte** (M)

85. *Christine* NÖSTLINGER. **Chachi** (A)
86. *Marta* OSORIO. **El pavo real** (C)
87. *José María* MENDIOLA. **El castillo de Lora** (M)
88. *Juan Ignacio* HERRERA. **En la cumbre de un tepuy** (A)
89. *Ángel* ESTEBAN. **Háblame del sol** (C)
90. *Carles* CANO. **¡Te pillé, Caperucita!** (T)
91. *Rafael* ESTRADA. **El comisario Olegario** (M)
92. *Jean-François* NORCY. **Buldo** (A)
93. *Lucila* MATAIX. **Un gigante en el bolsillo** (C)
94. *Elvira* MENÉNDEZ. **MNA** (A)
95. *Eduardo* GALÁN. **¡SOS, salvad al ratoncito Pérez!** (C)
96. *Nina* WARNER. **La luna en el agua** (A)
97. *Trini* LEÓN. **La estirpe del Cóndor Blanco** (A)
98. *Jacqueline* CERVON. **Selim, el vendedor de alegría** (A)
99. *Seve* CALLEJA. **Dos hámsters en una jaula** (C)
100. *Montserrat del* AMO. **El bambú resiste la riada** (NR)
101. *Juan Alfonso* GIL ALBORS. **Patatín, Patatán, Patatón** (T)
102. *José Luis* VELASCO. **24 horas para un rescate** (M)
103. *José* ZAFRA. **Historias de Sergio** (C)
104. *Concha* LÓPEZ NARVÁEZ. **Nieve de julio** (C)
105. *Paul van* LOON. **Sam, la superdetective** (M)
106. *Emilio* SANJUÁN. **Carlos Baza, «Calabaza»** (H)
107. *Carmen* MORALES. **Bigote blanco-Bigote negro** (C)
108. *Elvira* MENÉNDEZ. **Olock-Lolo** (CF)
109. *José Luis* OLAIZOLA. **El cazador urbano** (NR)
110. *Marina* SEOANE. **¿Dónde están mis dibujos?** (C)
111. *Emilio* SANJUÁN. **Las vacaciones de Simón, Simón** (H)
112. *Montserrat del* AMO. **Mao Tiang *Pelos Tiesos*** (C)
113. *Pablo* ZAPATA *y Juan Luis* URMENETA. **El cocodrilo Juanorro** (A)
114. *Alice* VIEIRA. **Portal 12, 2.º centro** (NR)
115. *Jordi* VIVES. **El coleccionista de estrellas** (A)
116. *Gianni* PADOAN. **La manada del escaramujo** (NR)
117. *José Antonio* PEROZO. **Cuentos mágicos** (C)
118. *Alfredo* GÓMEZ CERDÁ. **Papá y mamá son invisibles** (C)
119. *Enric* LLUCH. **Potosnáguel** (A)
120. *Trini* LEÓN. **Un amigo por un par de tomates** (NR)
121. *Gabriela* KESELMAN. **Papá se casó con una bruja** (C)
122. *Manuel L.* ALONSO. **Arturo ♥ Verónica** (C)
123. *Concha* BLANCO. **¡A mí qué me importa!** (H)
124. *Concha* LÓPEZ NARVÁEZ *y Carmelo* SALMERÓN. **Tomás es distinto a los demás** (C)
125. *Jordi* SIERRA *i* FABRA. **Cabello blanco en cabeza peluda** (H)
126. *Kenneth* IRELAND. **La máscara de hombre-lobo** (M)
127. *Joan de Déu* PRATS. **Un safari en el salón** (H)
128. *Rafael* ESTRADA. **La sonrisa del ogro** (M)
129. *Kara* MAY. **Gato, su bruja y el monstruo** (C)